徳間文庫

お月見侍ととのいました

父と大江戸爆弾魔

三咲光郎

徳間書店

目次

第一章

一

定町廻り同心の御役を退く日が近づいてくると、妙に心がはずんで、ちょっとした悪事なんかには怒りが湧かなくなって困った。

奉行所に出仕しなくなる、その先の毎日は、春の日なたを行くような、明るくて、のどかな道が続いていくだろう。のんびりと散歩をする足取りで心のままに行きたいほうへ歩いていけるだろう。そんな楽しげな光景をぼんやりと思い描いていた。

この春、天明二年みずのえ寅の春に、長男勘太郎が役職を継ぎ、安兵衛は五十六歳で念願の楽隠居になった。

それから半年が過ぎ、肌寒い風が吹きはじめたこの頃。

はずんでいた気持ちは失せていて、何となく、そわそわ、きょろきょろと落ち着かない気分で町を歩いている。

楽隠居……俺はそれで何をしたかったのだろう?

不満はない、うむ、不満などない、はずだが……

いや、同心に戻りたいわけではない、とんでもないぞ……

隠居生活を、もっと楽しまなければ。悠々自適に日を送らねば。

そうだ、俺は、楽隠居なのだ。

胸中でぶつぶつとつぶやいている。

十月。事件は起こった。

二

安兵衛は、八丁堀地蔵橋の自宅を出て、神田橋御門の北へ向かった。

よく晴れた昼どきだった。

新場橋、一石橋を渡り、お濠沿いにぶらぶらと歩いていく。

鎌倉河岸の豊島屋で、手土産に酒を買った。

店を出たとき、大きな音が聞こえた。

どどおん、と火薬樽が爆発したような重い響きが、空を渡ってきた。

店の板塀が、びりびりと震え、屋根瓦がかたかたかたかたと鳴った。

何だ何だ、と往来の人は足を止め、辺りを見まわした。

安兵衛は、自分が歩いてきた方角、日本橋のほうの空を見上げた。

瓦屋根の海のむこうに、黒い煙がひとすじ立ち昇っていく。

ああ、あれだ、あれを見ねえ、と人々は指さし、声高に騒ぎだした。

商人町の一角から、真っ黒な煙が、まがまがしい巨大な生き物のように起ちあがり、頭を振って町を見下ろすようだった。

悲鳴が上がり、人々は右へ左へ逃げはじめた。日本橋のほうへ駆けだす野次馬もいる。

暗黒の巨人は、伸びあがり、扇の形に広がって、江戸の空を覆っていく。

人々は押し合い、ぶつかりあい、怒声が飛び交い、子供が泣きだした。

「賛宝の旦那、何でございましょうね」

岡っ引きが寄ってきた。

「何だろうな。火事かな」

安兵衛は人波に揉まれながら何度も背伸びをした。

「おお、煙が、あんなに。ううむ、あれは、いったい、何じゃ」

「ははあ、こりゃあ、火薬に火が燃え移ったんでしょうかねえ」

「あんな町なかに火薬があるかな」

騒ぎの中で、二人並んで、煙が高いところで風に流されていくのを眺めていた。

「火は広がらぬようだな」

人々はほとんどが野次馬になったらしく、叫び合いながら、大きな引き潮のように日本橋めざして流れだした。

「旦那、行ってみますか」

「うむ、あ、いや、これから別に行くところがあるんだ」

岡っ引きは安兵衛を見た。安兵衛は、袴をつけ、菅笠を被り、手に徳利を提げている。黒羽織に朱房の十手という同心の姿ではない。引き潮にあらがうように、神田橋のほうへ足を向け、ちょっとさびしそうに笑った。

「俺はこっちへ行くよ」

岡っ引きは、ああそうだったという顔で、

「へい、お気をつけて」

と頭を下げ、煙が上がっているほうへ足早に去っていった。

おもしろの花のお江戸や

川柳水に揉まるる

しだり柳は風に揉まるる

小唄を口ずさみながら安兵衛が訪ねるのは、神田橋御門を北へ上がった武家屋敷町の一角だった。

勘定奉行勝手方に勤める勘定、桐谷雄之助の屋敷である。相賛宝家では、娘の佐江の縁談を、桐谷家の惣領、雄之助との間で進めている。相手は何といっても格上の御家人で、手堅い事務方の跡取り息子である。妻の菊乃が大乗り気で、安兵衛に話をまとめるようにと急かしている。雄之助の父が、一度拙宅へ遊びにおいでなさいというので、安兵衛は、ぶらりと門前に立ったのだった。

迎えに出た父の桐谷仁左衛門は、渋柿色のちゃんちゃんこに、かるさん袴という気軽ないでたちで、

「どうぞ、どうぞ」

にこにこと、座敷へ招き入れた。

安兵衛より二歳下だが、雄之助に職を譲って二年になるという。隠居の身分では安

兵衛の先輩だった。

　家内は隅々まできちんと片付けられている。廊下も磨き込まれ、畳も清々しい。小春日和に障子戸を開け放してあって、庭に池があり、築山がある。前栽の大小の木も手入れが行き届いている。

「けっこうな枝ぶりでございますな」

「身共が自分で剪定をしております。ひまにあかせてというやつで」

　気取らない態度だった。むずかしい話をするということもなく、碁盤を示し、

「どうですかな」

と誘った。

「やりますが、へぼでして」

「それはよかった。ならば、お互い、下手の横好き同士で」

　碁盤を、陽当たりの良い場所へ出してきた。

　勝負は互角。手土産の酒を、つぶ貝の煮物でいただいた。甘く、うま味のある中に、山椒の刺激と香りが加えられていて、酒が進む。

「雄之助どのはご登城なさっておられるので？」

「ええ。少し遠いので、身共は行かなくてよくなって、せいせいしましたよ」

勝手方の役人は西の丸に詰める。登城する身分ではなかった安兵衛には、知らない世界だった。

「せがれは、あのような仕事一途の堅物で、気がつけば、もう二十八だ」

「真面目なのが一番で」

「女には、もてませんな。佐江さんは、まだ十九で、もう少しお宅に居たいのではござらぬかな」

「いえ、もう十九なので」

「本人の気持ちも、よく聞いてあげてくだされ。無理強いをしたところで、嫁いでからうまくいかなければ、お互いがかわいそうでござる」

この人が舅になるのなら、この縁談はいいかもしれない、と思った。

「娘が片付いてくれたら、拙者もまったく楽隠居ができるのでござるが」

「贅宝どのは、何ぞご趣味が？」

「いや、無粋者でして。たまに小唄を口ずさむぐらいで。それでも家で叱られます。文句を言われぬ趣味を、これから何か始めようかと。六十の手習いで」

「それがよろしゅうござる。生きがいは要りますからな。実は身共も」

仁左衛門は立って隣りの部屋へ行き、文箱を抱えてきた。

「家の者には内緒で、こんなことを始めようかと」

紙束を取り出して渡した。何やら連綿と文章がつづられている。

「幕府への言上書ですか」

「浮世草子でござるよ」

恥ずかしそうに笑った。しかし目が輝いている。

「浮世草子というと……」

「西鶴や其蹟はお読みか？　近頃なら京伝とか」

「いえ、そういうのはちょっと」

「賛宝どのは硬派でござるな。身共は老いのつれづれに、浮世草子の作者になろうかと。もちろん周りには内緒で」

表紙には『大草鞋五人男』と記してある。

「ははあ、盗賊の話ですか」

「なかなか筆が進まなくてね。ソロバンと帳簿を相手にしてきたので、おもしろい体験がなくて。そうだ、賛宝どのも、書いてみませんか。定町廻り同心だ。経験豊富でしょう」

「いやあ、拙者などは」

「ご一緒に、ぜひ。版元の知り合いがいますから、紹介しましょう」

「しかしお話なんぞ、どう書けばよいのやら」

「版元の人間が聞き書きします。実話がいい。これは売れますぞ」

安兵衛の手を、ぐいっと握ってきた。子の縁談話とはまるで違い、熱い語りだった。

「いやあ、同志ができて、頼もしい」

「いや、どうも拙者は、いや……」

三

焦げくさい臭いが通りに満ちている。

野次馬が集まり、火消しが出入りする店を指さして、騒いでいる。

日本橋通り南の、表店だった。逢坂屋という両替商である。

安兵衛がいた鎌倉河岸でも、あれほどの衝撃があったのだが、現場は、見たところ、通りに面した店の玄関には損傷がない。店の奥か、裏手の別棟かで、ボヤでも起きたのかもしれない。火はすでに消えているらしかった。

帰る道すがら、野次馬にまじって見物していた。店のなかに、定町廻り同心の友野伊織が見えた。手代らしき若者に権柄ずくに尋問している。友野は三十代半ばだが、態度のでかい、嫌味な男だった。

その傍らで、店の主人らしい五十前後の恰幅のよい男が、蒼白な顔をうつむけていた。

岡っ引きが通りに出てきた。

「ご苦労だな」

「あ、贄宝の旦那」

「ボヤ騒ぎか」

「いいえ、聞きませんでしたか」

拳をパッと広げ、

「ドッカーン、と江戸中にとどろきわたった大爆発」

「ありゃあ何だったんだ？」

岡っ引きはつまらなそうに首をかしげた。

「同心の旦那方が奥へ入れてくれねえんでさあ。どうやら、裏手の土蔵で何かが爆発したみたいなんですがね。それじゃ」

野次馬を掻き分けて駆けていった。

友野伊織が出てきた。安兵衛と目が合って、不愛想に会釈し、行き過ぎようとする。

「友野どの、何が爆発したのでござるか」

友野は、ぐっと体を反らせた。

「外のお方には洩らせません。賛宝どのはまだお役目気分が抜けぬようで」

ただのボヤ騒ぎではないということだけはわかった。

友野の横柄な態度を差し引いても、奇妙な、どこか謎めいた空気が立ち込めている気がする。

安兵衛は鼻をくんくんさせた。

「火は治まったようだが、いつまでもキナくさいな」

友野はジロリと睨んだ。

四

夕餉の時刻には、家族全員がそろった。

惣領の勘太郎、安兵衛、妻の菊乃、娘の佐江、勘太郎の嫁の濱。本日の主菜は鯖の味噌煮だった。味噌の甘みが鯖の身によくからんでいる。脂ののった身の味が口中にひろがった。

「夕餉に間に合うように退出できたのか」

安兵衛が訊くと、勘太郎は箸を動かしたまま言った。

「はい。定時で」

「今日は忙しいのではないのか」

「忙しくとも、定時に退出すると決めております」

ていねいに鯖の身を取っていく。

菊乃が言った。

「どうでしたの？　桐谷様のお宅は」

「ああ、立派なお屋敷だぞ。奥方は亡くなっておるが、廊下も座敷もゴミひとつ落ちていなくてな。庭に池まである」

佐江は微かに眉をひそめ、おちょぼ口に箸を運んで、素知らぬ顔で口を動かす。

「あんな屋敷で暮らせたら、いいぞ」

佐江は露骨に嫌そうな顔になる。

「そうかしら」

「うちとは比べものにならんぞ。お屋敷だ」

「ゴミひとつ落ちていないなんて。嫁いだら、それがわたしの役目になるんだから」

　菊乃の目が険しくなった。

「雄之助様は、仕事熱心で将来有望だと聞きましたよ。組頭や、ひょっとするとお奉行様にまで上るかもしれないわ」

「九つも年上よ。話が合わないわ」

「うちは父上とわたしは十二歳の年の差ですよ。話が合うも合わないもありません。何でも妻が夫に合わせるものです。わたしがあなたの年の頃には、もうここに嫁いでいて、お腹に勘太郎がいました。濱さんだって、十七でうちに嫁いできて、まだ十八。子供はまだだけど」

「人を引き合いに出さなくてもいいのに」

「濱さんは、人、ではありませんよ、家族です」

「まあまあ」

と安兵衛は言った。

「あちらのお父上も、本人の気持ちをよく聞いてあげてくだされ、と言っておられた。佐江もいろいろと考えてみてだな」

「そんなことをおっしゃったんですか」

と菊乃がことばを被せた。

「それって、遠まわしに、断ってきているのではございませんか？」

「違う違う。慌てず、ていねいに進めましょうということだ」

「そうでしょうか。他に？　どんなことをお話しになりました？」

「あとは、そうだな、男同士の趣味の話題とか」

「どんな？」

「内緒だ」

「まあ、いやらしい」

顔をしかめた。

「申し上げておきますが、うちだって、ゴミひとつ落ちていませんよ。ねえ濱さん」

末席の濱は、にっこりと笑った。まだ少女っぽさを残していて、お人形のように座っているが、こういう場面での距離の取り方を心得ている。安兵衛は、まあまあと割って入った自分の気の弱さを反省した。

「そうであった。ゴミなどと要らぬことを言った。ゴミんこうむる」

「母上」

勘太郎が言った。鯖を着々と食べ進めている。

「父上に、ご報告しておかなくてよろしいんですか」

「何だ、報告とは」

家族の、しんとした顔を見まわした。菊乃が言った。

「さきほど新次郎が帰ってまいりました」

「えっ」

目と口を開けたまま固まった。

「新次郎が……」

「すぐに出かけていきましたが。当分は、うちに居るそうでございます」

「……帰ってきよったか」

今日起きた事件。

安兵衛にとっては、こちらのほうが最大の事件だった。

五

寝床で、桐谷仁左衛門が貸してくれた本を広げた。

山東京伝(さんとうきょうでん)の『敵討駿河の花(かたきうちするがのはな)』という黄表紙だった。たわいのない話で、文より絵のほうが多い。なるほど、こんな話なら、俺の定町廻り同心三十年間の実体験のほうがよほど受けるだろう、と思いながら繰(く)っていった。

頭の中のほとんどは、次男、新次郎のことで占めている。

三年ぶりに、前触れもなく帰ってきた。しかも、着いたその日に家にいない。どうなっているのだ。

「父上、おやすみですか」

勘太郎の声に、本を夜具の下に隠して飛び起きた。

「どうした？」

布団の上で胡坐をかいた。

勘太郎は入ると襖を背にして正座した。

「聞いていただきたい事件がありまして」

「例の、ドドーンだな」

拳をパッと開いてみせた。

「桐谷家からの帰り道に、逢坂屋の前を通った。岡っ引きを奥へ入れずに調べておったようだが」

「わからぬことが多いのです」

「というと？」

「本日の午の正刻（正午）頃でした。逢坂屋の裏手の蔵で、爆発が起こりました。蔵の中ではなく、外の壁際で。どうやら樽に詰めた火薬に引火、爆発したようです。そばの物置小屋が倒壊し燃えました。店内は騒ぎになり、どさくさに紛れて、奥座敷の手金庫から三百両が盗まれました。誰が火薬樽を置いたのかはわかりません。爆発の大きさから、二升樽に火薬を詰めた物だったと思われます」

「つまり、一連の流れは計画されたものか」

「火薬の設置と爆発はそうに違いありません。蔵の壁際に、見慣れない物が置かれていたのを、庭を隔てた台所の女たちが見ています。これほどの高さの」

手で膝の高さを示した。

「太い筒のような物だったと。蓋はありませんでしたが、筒の中に何かがあったのかどうかは、台所からは見えなかった、と」

「不審な物があるのに、誰かそれを見にいかなかったのか」

「両替商の金蔵ですから。近づいてはいけないと、日頃から徹底されています」

「金蔵の壁際に、火薬を詰めた二升樽を置いて、それを筒ですっぽりと隠した。筒の上部は開いていた」

「はい。破片を拾い集めて、推察しましたところ、そうであろうと」

「誰が置いたかは、まったくわからんのか？」

「見た者はいまのところおりません。気がついたら、昼前にはそこに置かれてあったそうです」

「台所の女たちや、店の者たちは、皆、無事か」

「死者はおりません。怪我をした者はおりますが。火薬職人を呼んで調べさせますと、使われた火薬は、音や煙は派手だが、それほどの破壊力はない種類だそうで」

「いたずらか？」

「いたずらにしては手が込んでいます。わからないことが多いのですが、特にわからないのが」

困った顔になり、

「どうやって火薬に火を点けたのか。謎です」

「火を点けた者も、いなかった」

「いたら見られているはず」

「では、火縄だ。火縄を長くのばしておいて、隠れた場所で、火を点ける。ジジジジ、と火が走って」

「それなら地面に火縄が見えます、火や煙が走るのも」

「筒の中に、長く巻いた火縄を隠しておいた」

「それでも煙が上がります。爆発の直前まで、気になって見ていた者もおりますが、筒の周りには何もなかったと言っております」

「奇妙だな」

「はい」

二人そろって腕組みをした。

「他に何かを見た者はおらんのか」

「それが、筒の中で何かがキラキラ光っていたと言う者がおります」

「光っていた?」

「気になる物がありまして」

勘太郎は、懐から一枚の紙を出してみせた。

「残骸(ざんがい)の中に、手のひらの半分ほどの、ビードロ(硝子(ガラス))の破片が、落ちていました。その形状を描き写しておきました」

三日月形の、破片の写生だった。横から見た図は、割れた円盤の断面のように、片端が細く、もう一方の端へいくほど厚みを増していた。

安兵衛は図を、ぐるぐる回して見た。

「何だなこれは。これが筒の中にあってキラキラ光っていたのか？」

「おそらく。私の見立てですが」

「……虫メガネかな。爆発で割れた虫メガネの破片」

「父上もそう思われますか」

勘太郎は腑に落ちたというふうにうなずいた。

同心という身分は、表向きは一代限りの抱え席だが、実際は世襲である。親が得た探索の知識や技術を子に伝え、子が孫に伝え、専門的な蓄積は深く広くなっていく。

安兵衛も、勘太郎が見習いの頃から、自分の持っているものを教え込んだが、定町廻りを拝命してまだ半年の勘太郎は、探索に行き詰まるとこうして父に話しに来る。教えを乞うというより、自分の頭の中を、話すことで整理するのだった。

四つ（午後十時）の鐘が鳴っている。

「遅くまでありがとうございました。おやすみなさい」

「木戸が閉まる。新次郎は帰ったのか」

「いえ。今夜は泊まってくるかもしれないと申しておったそうです」

「どこで？」

「浅草天文台へ行くと」

「浅草？……天文台……」

六

浅草天文台は、正式には、頒暦所（はんれきしょ）御用屋敷という。他所（よそ）にあったのが浅草の御蔵前（おくらまえ）に移転したばかりなのだと、菊乃に教えられた。新次郎からの受け売りだろう。

「ようすを見てきてくださいな」

「放っておけ。そのうち帰ってくる」

朝からそんなやりとりが繰り返され、

「あの子が外で不始末をしでかしたら、佐江の縁談にも差し障ってまいります」

昼をまわった頃、菊乃の眉間に皺が寄りはじめたところで、

「散歩がてら、ぶらりと行ってみるか」

安兵衛は玄関で草履を履いた。

「大坂で学んで三年間。あの吹けば飛ぶようなひょろひょろした頼りないやつが、どれほど大きくなって帰ってきたか、見てこよう」

「ひょろひょろだなんて、とんでもない」

菊乃が何か言おうとしたとき、格子戸が開いて、

「表から失礼いたします、賛宝様のお宅でしょうか」

商人ふうの男がのぞきこんだ。

焦げ茶縞の小袖に海老茶の帯、三十年輩の、背の高い男だった。式台に腰掛けた安兵衛と目が合い、頭を下げた。

「日本橋青物町の書肆、萬屋でございます。このたびは、桐谷様からご紹介をたまわりまして」

「桐谷仁左衛門どのか」

「はい、紹介状をお預かりしてまいりました」

懐から奉仕紙に包んだ手紙を出した。

「例の話か。ずいぶん手回しがいいな」

「はい、今朝、桐谷様のお宅にうかがいましたら、有望な書き手が現れたと」

「おいおい」

立ち上がって言葉をさえぎった。

菊乃が、探るように、

「上がってもらいますか？」

と言う。

「いや、草履を履いてしまった。萬屋さんとやら、これから出掛けるところでな、話は道々聞こう」

男を押し出して格子戸を後ろ手に閉めた。

通りに出て、

「紹介状があるのか」

手渡された書状を、軒下で読んだ。

書肆の萬屋壱兵衛（いちべえ）は、身共の知り合いで、信用できる版元です。身共も浮世草子を出す相談を進めているので、賛宝どのもぜひ話を聞いてやっていただきたい。

仁左衛門からの一筆だった。

「書くとは言っておらんのだが」

「賛宝様の豊富な体験談をお話しいただければ、わたくしが文章にまとめますので。大江戸の闇を裁く捕り物実話、これは、受けます」

八丁堀は与力（よりき）、同心の町である。安兵衛は誰かに聞かれていないかときょろきょろと見まわし、浅草の方角へ歩きだした。

男は一歩下がってついてくる。

「私は手代の、青田賀新（あおたがしん）と申します。賛宝様のお世話をさせていただくことになりました」

「話が勝手に進んでいるようだが」

「いえいえ、勝手に、だなんて、そんなことはございません。これはもう、桐谷様の肝入りでして、賛宝様をぜひお仲間に、と」

「ふうむ……青物町の萬屋。聞いたことがある」

「はい。浮世草子、黄表紙、役者評判、遊郭案内、紀行、川柳、俳諧(はいかい)、それに、実学書から、浮世絵まで、手広く、やらせていただいております。人気の戯作者(げさくしゃ)の先生方も、うちから多数、出してくださっています」

「あなたも書いているの？」

「え？」

「賀新というのは筆名っぽいからね」

「本名は、住太(すみた)と申します」

「賀新と名乗るのは、やはり行く行くは、書き手として？」

「ときどき、賀新の名で、代筆や、埋め草の文を書いたりはしますけれど。私は先生方のお世話をさせていただくのが仕事でして。いずれは、別の面で、名を上げますがね」

「江戸一番の版元として、だな。そんなツラ構えをしておる」

「はは。ちなみに、賛宝様は、筆名のほうはもうお考えですか？」

「いやいや、だからまだ」

「作風からして、何かこう、いかめしい名前がよろしいですね」

「作品もないのに、作風からして、はおかしいだろう」

「定町廻り同心三十年の捕り物人生。とっておきのお話は、どういうものですか？明和の大火の際の裏話とか、源内先生獄死の真相とか。お宅に、捕り物帖は残していらっしゃいますか？」

「捕り物帖は、奉行所に保管する門外不出の文書だ」

賀新は人差し指で自分の頭をこつんと指した。

「そんなもの、無くたって、ここに刻まれている忘れられない事件ほど、読む側にも印象深いものでございます」

安兵衛は足を止めた。

「せっかくだが、まだ、準備ができておらんのでな」

「お話しくだされば、私がまとめます」

「心の準備が、だ。それに、今日は所用がある。日をあらためてくれんか」

賀新は左右に目を走らせ、

「事件でございますか？」

と声を落とした。

「え？　どういうことだ？」

「お急ぎのごようすなので」

「俺は楽隠居の身だよ」

「というのは仮の姿、実は密命を受けてひそかに事件を探索していらっしゃるのでは？」

「ない」

憤然（ふんぜん）と答えた。

「せがれのようすを見に行くのだ、浅草の、天文台とかへ」

「天文台、ですか、へぇえ」

賀新は驚いた表情をひっこめて、愛想よくお辞儀をした。

「では日をあらためまして。今日はご挨拶だけで失礼します。あの」

「何だ？」

賀新は左右に目を走らせ、

「探索のほうも、お手伝いいたしますよ。私もあちらこちらにいろいろと人脈がありますので。もちろん、事件解決まではいっさい外に洩らしたりはいたしません」

「だから違うというのだ」

キリがない。安兵衛はすたすたと歩きだした。

七

手土産にせんべいを買って、浅草御門から浅草橋を渡った。

茅町（かやちょう）の木戸、瓦町（かわらまち）の木戸を抜けると、鳥越橋（とりごえばし）のたもとに出る。

橋の向こうは、右に、浅草御米蔵の巨大な蔵がずらりと立ち並び、左は道沿いに、札差の屋敷のなまこ塀が続いている。

橋を渡ってすぐ左手、瓦屋根の向こうに、台形の築山が、ぬうっとそびえている。

高さは三丈（約九メートル）もあるだろうか。石段がついていて、築山の上部には、家屋が二棟並んでいる。

片方の家屋には屋根がない。平らで、手摺りが四方を巡っていて、真ん中に、大きな金属製の輪を組み合わせた天体の観測器械が据えられていた。

頒暦所御用屋敷。浅草天文台と呼ばれている。

「賛宝新次郎という者が、ご厄介になっておりませぬか」

門番は、

「ああ？　ああ、あの、岩おこし……」

微妙な苦笑いを浮かべた。

「岩おこしとは？」

「大坂土産の岩おこしとかいう菓子を土産に配ってくれたが、べとべと、ぐずぐずに崩れておって。あの菓子は硬いものだと聞きましたが。道中、どのようにして運んでこられたのか」

「その男でござる」

お詫びの気持ちでせんべいを差し出した。

応接所に通された。奥の板間から、五十年輩の男が出てきた。

「天文方、台長の吉田です」

侍の身なりだが、学者然とした風貌だった。

土間の床几台に座ると、安兵衛は頭を下げた。

「愚息がご迷惑をお掛けしています。連れ戻しにまいりました」

吉田は、微妙な苦笑いを浮かべた。

「いや、迷惑ではござらんよ。新次郎どのは、大坂で麻田剛立先生に師事なさったお方だ。まだお若いが、こちらが教えていただくことも多々あるだろうと歓迎しております」

「恐れ入ります。しかし甘やかせば無限に増長しますので、このままここに居ついてしまうかもしれません。ひとまず連れ帰り、お近づきの挨拶はまたあらためて」

「さようですか」

吉田は奥に向かって、

「だれか観測係の方は、いますか」

と声を掛けた。

四十年輩の男が現れた。坊主頭で、顎鬚（あごひげ）をたくわえ、丸眼鏡を掛けている。吉田は、

「観測係が、新次郎どのの面倒を見てくれています」

と言い、

「お父上が呼びに来られた」

と言った。

観測係は、微妙な苦笑いを浮かべた。

「お帰りですか。残念だな。役に立つご教示をいただいておるのですが」

「もうすでに調子に乗っていますか。申し訳ない。どこにおりますか?」

観測係は、玄関口に出て、

「おおい、メメ」

と叫んだ。

十二、三歳の女の子が走り込んできた。木綿の単衣、素足に草履をつっかけ、おかっぱ頭の、下働きの子供のようだった。

「メメ、新さんはどこだ？」

「ずっと上にいますよ」

「帰るんだとさ、呼んできてくれ」

「わたしが？　無理ですよ、新さんを呼んでくるなんて」

メメは機嫌が悪くなった。安兵衛は立ち上がった。

「拙者が行きますよ。すまんが、案内してくれるかな」

メメは先に立って出ていく。ついていくと、築山の石段を上りはじめた。

「新さん、帰っちゃうの？」

「ああ」

「嫌だなあ」

「ずいぶん好かれたもんだな」

「新さんがいなくなると、またわたしが全部仕事をしなくちゃならない」

「メメさんの仕事？」

「わたしはここの補助係なんだ。新さんはわたしの補助係」

「補助係の補助係なのか」

「うん。駄目？」

「いや、それぐらいの扱いにしておくのが、ちょうどいい。居るときは、こき使ってやっておくれ」

「こき使えないのよねえ、あれじゃあ」

石段を五十段ほどで上りきると、二棟の観測小屋のほかに、台上の両端に、木床の張り出し舞台が設けられていた。空を観察する物見台だろう。

秋晴れの江戸の町が見はるかせた。浅草寺、ご本丸、袖ヶ浦、富士の山まで、はっきりと見える。

「これはいいなあ」

感嘆した。

「ところで、新次郎は？」

「あれ」

　メメが指さす。

　物見台の隅に、汚れた米俵のようなものが転がっていた。なにか、溶けはじめたワラビ餅のような、ぐにゃりとしたものが、どてっと横たわっている。ご、ご、ご、ご、と音を立てている。人の寝息、というか、いびきだった。

　安兵衛は、おそるおそる近づいた。手足がある。丸々とした髭もじゃの男の顔がついている。大の字になり、天を仰いで、口を開け、熟睡している。頬が垂れ、よだれの筋が下がっている。太刀と脇差が床の縁に転がっている。

「これが、新次郎なのか」

　思わずメメにたずねた。

「そう名乗ってましたよ」

　ぼうぜんと見下ろした。三年前まではあんなにひょろひょろと細くて頼りのない青年だったのに。

「ひょろひょろだなんてとんでもない。ずいぶん大きくなって帰ってきよったな。大坂で何を食べたんだ。浪花(なにわ)の食い倒れ、か」

ぶつぶつとつぶやいていたが、メメに、

「いや、こう見えても、新次郎は、天文にのめり込んで大坂へ発(た)つ前までは、こんなふうではなかったのだが」

言い訳をするように言った。

「そうなんですね」

自分の補助をする存在として以外の新次郎には関心がない。

安兵衛は、いびきを立てる米俵をかなしげに見下ろしていたが、やがて、口をへの字に曲げ、まなじりをつり上げ、両の拳をわなわなと震わせて、どし、どし、と床を踏んで、際まで近づいた。

「新次郎、おい、起きろ、新次郎」

八

新次郎は、うっすらと目を開けた。

「ああん？」

片肘をつき、上半身を起こし、辺りを見まわし、御米蔵の並びを眺めた。

「ここは……ああ、そうだった……」

「新次郎」

まぶしそうに安兵衛を見上げた。

「父上……ご無沙汰しています」

「帰るぞ」

「どこへ？」

「わが家に決まっとる」

「え？　しかし、観測をしなければ……ここの補助係として雇われましたので」

「台長どのはそんなことは言っておらん」

「おかしいなあ……メメどのは、どうお聞きか？」

メメは下唇を裏返した。

安兵衛は言った。

「昼間からこんな所でいびきをかいていては、何の働きもしていないではないか」

「いや、それは」

「寝ているおまえを見たとき、米俵が転がっているように見えたぞ。どうしたんだ、この変わりようは。体を鍛えてはおらんな。動かしてすらおらんようだ」

「おことばですが」

「何だ？」

「米俵が転がっているとおっしゃいましたが、米俵は一俵が三斗五升（約六十三リットル）ですから、私と比べると、ひとまわり小さいです。私はいま二十一貫と三百匁（約八十キログラム）ありますので、これを四斗四升とすると、つまり、米俵が一俵と五升枡ひとつと一升枡が四つ転がっている、と言うのが正しいのではないでしようか」

「新次郎よ」

「はい？」

「父を怒らせるわざを磨くために、わざわざ大坂へ三年間も行っていたのか」

「いえ、そんなつもりは」

真顔で、髷(まげ)の歪(ゆが)んだ頭をぽりぽりと掻いた。

「父上を怒らせるわざを磨くなら、父上のそばにいるのが近道かと」

「もうよい。行くぞ」

石段の下から、男の声がする。居丈高(いたけだか)に、大声を出している。安兵衛はそちらのほうを見下ろした。

応接所の玄関先で、黒羽織の同心が、十手をぶらぶらと振りながら、台長の吉田に何事か言っている。

定町廻り同心の友野伊織だった。

「何だ？　あやつ」

安兵衛は眉根を寄せた。

吉田は友野伊織に追い立てられるように応接所へ入っていく。

「行くぞ」

うっそりと立ち上がり大小を差した新次郎をつれて、石段を下りた。メメが後についてきながら、

「新さん、戻っておいでよ」

と言う。

そのまま応接所の前を通り抜け、門番に会釈し、出ようとした。

「ちょっと待った」

居丈高な声に呼び止められた。

友野が草履を地面に擦るような歩き方でやってくる。

「奉行所のお取り調べだ。誰も出ちゃあならん」

意地の悪そうな目で新次郎を睨み、安兵衛に目を留めた。

「おや、賛宝どの、こんな所で。いかがなされた?」

「友野どの、お役目ご苦労さん。せがれを迎えにきましてな」

友野は新次郎をじろじろと見た。

「次男の新次郎でござるよ」

「ほお、確か、上方へ修業に行っていると聞きましたが。天文方で働いておられるのか」

「帰ってはいけませんか」

「あ、それはなりません。いかに元同心の子弟といえども、天文方に関わる人には、一応、話をお聞きしたい」

友野は厳しい視線を新次郎の顔に向けた。

「新次郎どのは、天文のご専門は何かな?」

「はあ、補助係です、臨時雇いというか」

「観測のほうは、なさるか?」

「星の観測ですか?　私は、月がもっぱらです」

「月?　月なんぞ見て、どうするのか」

友野は、疑わしいというふうに目の光を強くした。

「昨日はどこに、おられた？」

「昨日は、三年ぶりに江戸へ戻ってきまして、家に着いたのが、昼過ぎ。その後、ここへ来て、いままでいました」

「昨日の昼前後は？」

「東海道を歩いていました」

「一人で？」

「はい。品川宿で、昼飯を食べました。蕎麦（そば）を三杯。実に美味（おい）しゅうござった。江戸へ帰ってきたという気持ちになりました。あと、団子を四本」

安兵衛は言った。

「友野どの、昨日の昼前後といえば、逢坂屋の一件か。なぜこの天文台へ？」

友野は口を閉ざした。

「切れ者の友野どののことだ。他の同心が見落としたところから、核心に迫るものを見つけたにちがいござらぬ。いつもながら素晴らしい。後学のために、ぜひ、ご教示願えれば」

「いやあ」

友野は胸を張った。

「勘太郎どのも、関心を持っておられるので、その父上に隠しても仕方がありませんかな。後学のためと言っても、後はござらんご身分だが。ははは」

懐から手巾を出し、包んでいた物をつまんでみせた。

ビードロ（硝子）の破片だった。昨夜勘太郎が話していた、虫メガネの欠片の、別の一片らしい。縁に、焼け焦げた木の枠が付いている。

「それは？」

「はっきりとはわからんのだが、何か、虫メガネの一部分ではないかと。爆発があった金蔵の壁際に落ちていたのでござる」

「それが、この天文台とどう結びつくので？」

「この虫メガネはどうやら、望遠鏡などに使われる精密な物らしい。下手人が残した物かもしれん。世間で、望遠鏡を使うところといえば……でござるよ。あとはご自分でお考えなされい」

新次郎の指が横から破片を奪い取った。顔を近づけたり、陽にかざしたり、真剣にそれを観察する。

「こら」

友野は取り返し、はあっと息をかけ、手巾で拭き、包んで、懐にしまった。

「この欠片に見覚えがあるのか」

「いえ」

新次郎は口ごもった。安兵衛は言った。

「では、もう行ってもよろしゅうござるな。お役目ご苦労さま」

九

鳥越橋を南へ渡ると、新次郎が言った。

「父上、逢坂屋とか爆発とか、どのような事件でしょうか?」

歩きながら安兵衛があらましを語ると、

「ははあ、なるほど、父上、そこへ寄っていきましょう」

と言った。

「寄ってどうするのだ?」

「火薬樽が置かれていた場所を見たいのです」

「見てどうする?」

「見れば何かわかるかと」

「わかってどうする」

「兄上の探索のお手伝いができます」

安兵衛は新次郎の横顔を見た。

「さっきのビードロのゴミを見て、何かわかったのだろう?」

「あれは、虫メガネは虫メガネですが、正しくは、火取り玉、といいます」

「火取り玉?」

「日光を集めて火を点ける道具です。形は虫メガネと同じで、握り棒の付いた円い木の枠に嵌まっていますが、虫メガネよりひと回り大きい。しかし、さっきの破片は、ただの火取り玉ではありません。友野どのが言っていたとおり、望遠鏡に使われる特殊な目鏡（レンズ）です。市中にたくさん出まわっているとはいえません」

「ところで、望遠鏡というのは？」

「遠メガネです」

「遠メガネに使われる目鏡が、爆発の場所に落ちていたのか」

「天文の観測に使われる精密な目鏡です。しかし望遠鏡に嵌めるときには、あんな木の枠は付けません。つまり、火取り玉に、特殊な目鏡を使っているということになります」

「ふうん。友野どのの見立ては間違っておらんな。天文に関わる人物を調べるわけか」

「友野どのは好きません。父上が同心だった頃から知っていますが。ここは何とか兄上に手柄を立てていただきたいものです。先ずは現場に」

「自分の好奇心だろう」

「父上も、首をつっこみたくてうずうずしているようにお見受けしますが」

「わしは隠居の身じゃ」

浅草橋を渡ると、日本橋の方角へ道を変えた。

日本橋通り南の、両替商逢坂屋は、普段の商いに戻っていた。

店に入って、手代に、

「昨日の件でな、同心は来ておらぬか」

と訊いた。

「岡っ引きの方が、庭のほうに」

「ああ、ちょうどよい。身共は賛宝という元同心だ。手伝いに入らせてもらうよ」

口調も顔つきも同心に戻っているのか、手代は素直に、

「どうぞ」

と店の中を抜けて庭へ案内した。

左手に、松の植わった前栽と、店から棟つづきの奥の座敷。

正面に、庭を隔てて、頑丈そうな土蔵。その右に、焼けた物置小屋の残骸。逢坂屋

の敷地は全体が黒塗りの目板塀で囲われている。

土蔵は白壁で、下部がなまこ壁になっている。右側の壁際に、友野伊織の手先の岡っ引きが立っていた。若い下っ引きが鍬を振るって地面を掘っている。

「がんばっておるのう」

「賛宝様。いかがなされましたか」

「通りがかりに、陣中見舞いだよ。岡っ引きは奥へは入れないと聞いたが。友野どのの信頼がよほど厚いとみえる」

「賛宝様は勘太郎様の助太刀でございますか」

なまこ壁の表面は爆発でぼろぼろに剝がれ、白壁は黒く焦げている。下っ引きは汗を滴らせながら、地面に穴を開け、掘り下げていく。

「何をしておるのか？」

「ここに火薬樽を仕掛けてあったのでございます。人影もないのに、爆発したのはなぜか、そこが謎でして。友野様は、こうお考えになりました」

掘り返される地面を指さした。

「土の下に穴を掘って、地下から侵入して、火薬に火を点けたのだと」

「友野どのはいろいろと探索なされておるようだ。なるほど。慧眼の至りだな」

「へい」

岡っ引きは勢いづいて、

「早く掘るんだ」

と、せっついた。

「すると、この場所に、火薬入りの二升樽を置いて、蓋のない筒を被せて隠したのだな」

「さようでございます」

「新次郎、どうだ？」

新次郎は空を見上げていた。雲ひとつない青空に、視線を走らせている。髭だらけの二重顎を、ぐいっとひき、鍬が掘り返す地面を見つめた。下っ引きに歩み寄り、

「ちょっと、ひと休みしていてもらえますか」

と言った。

「へ？　へい」

下っ引きは岡っ引きをうかがい、岡っ引きが渋面でうなずくので、後ろへ下がった。

新次郎は、片手で、爆発物があったとおぼしき所を指さした。もう片方の手を斜め上に伸ばし、空を指さした。両腕が一直線になるように、ぴんと伸ばして、自分が指さす空を凝視する。

「父上、爆発があったのは、真昼ですね」

「その時分だ」

「正確には？」

「真昼の九つ（正午）だったのだな」

岡っ引きに確かめると、

「へい」

とうなずいた。

「友野様がお奉行所で弁当を開けようとしたときに、ドーンときたそうで」

新次郎は、空を指す指先を上下左右に動かしながら、

「真昼とは、正しくは、南中時のことです。すなわち、太陽が子午線上に掛かる瞬間をいいます。太陽が真南にありましたか？」

安兵衛は岡っ引きと顔を見合わせた。新次郎は、袖で汗を拭（ぬぐ）っている下っ引きに言った。

「何か長い棒はありませんか。あ、物干し竿、物干し竿を、持ってきてください」

岡っ引きが、行ってこいと顎を振る。下っ引きは店の裏口へ走っていき、物干し竿を借りてきた。

「持つのを手伝ってください」

「へい」

新次郎は、下っ引きを、穴を掘っていた場所に座らせ、右の手のひらを出させて、物干し竿の端をそこに押し当てた。左手で竿を支えさせ、自分は、竿を持って、もう一方の先端を上げる。さっき両腕でやっていたように、物干し竿を斜めに立てて、南の空を指した。ゆっくりと先端を上下する。

「方位磁針と圭表儀（けいひょうぎ）を借りてくればよかった……この時季で、南中の高さといっても、

三十、六……」

ぶつぶつつぶやき、

「手のひらはそのまま、動かさないで」

空に向いた先端が、ぴたりと定まった。天頂を指すのに比べると、地表からその三分の一ほどの角度で、斜め上の南の空を指している。

「見てください。何もありません」

安兵衛は竿に顔を寄せて、竿の先が指し示す青空を見た。

「何が、何もないのだ？」

「昨日、爆発の時刻、太陽はこの物干し竿の指す先にありました。ここは、日光をさえぎる建物も木も、何もありません」

竿を地面に置き、下っ引きの、斜めに立った手のひらを指さした。

「火取り玉は、この向き、この位置でした。爆発で遠くへ飛んで行かずに、割れただけでこの周辺に落ちていたのは、壁に当たったからでしょう。下手人は、ここに、こんなふうに、火取り玉を置いた。台所は、あそこですね。あそこなら、火取り玉が日光を反射してキラキラ光るのが見えますから」

新次郎は、腕組みをして、ぶつぶつと独りでつぶやきはじめた。岡っ引きは、

「もうよろしゅうございますか」

物干し竿を返してこさせ、穴掘りを再開させた。

安兵衛は訊いた。

「この庭に裏口はあるかね」

「ございます」

岡っ引きは土蔵の裏手を指さした。

「そこをぐるっと裏へまわると、店の奥座敷の裏手へつながっておりますが、目板塀に木戸があります。裏店の路地につながっているので、人の目につかずに出入りできますよ」

「なるほど」

「いったいどういうことでございますか？　賛宝様は、地中に穴を掘ったのではないとお考えなので？」

「まだ何の確信もない。おのおのが自分の推測を掘り下げていくばかりだよ」

「ところで、このお方は？」

「あ、紹介が遅れた。うちの次男の新次郎と申す。天文方に出入りしておるので、つれてきた。新次郎、挨拶せんか」

新次郎は、四つん這いになって、ぶつぶつとつぶやきながら、地面を舐めるようにして、いっしんに何かを探している。

店から、

「何をなさっているのですか」

と男が出てきた。五十前後の恰幅の良い男だった。

「あんた誰だね？」

岡っ引きが訊くと、

「この店の主人の、逢坂屋藤吉でございます。鍬などを振り回して何をなさっているので？」

顔つきが険しい。

「爆発のようすについて調べているんですよ」

「穴を掘られるのは困ります」

「なぜ？」

「両替商の金蔵は、店の大事の場所でございます。店の者も近づけません。穴を掘るなどもってのほかでございますよ」

安兵衛は言った。

「ご主人に少しお訊きしたい。昨日、どさくさに紛れて、奥座敷の手金庫から三百両が紛失したというが、盗んだ者の見当はつきましたか？」

「え？　いえ、あんな騒ぎの中では。なにせ、雷と地震が同時に来て、真っ黒な煙が吹き込んできて、物置小屋が燃えて、店中、てんやわんやの大騒ぎで、通りへ逃げ出すのがせいいっぱいでしたから」

主人は岡っ引きに向いて声を荒らげた。

「お止めください、まるで蔵破りの盗賊のような」

奉行所に苦情を訴えそうな怒りようだった。

「では拙者らはこのあたりで。行くぞ、新次郎」

安兵衛は会釈してその場を逃れた。

十

通りへ出ると、新次郎は、我に返ったように、

「父上、腹が空きました」

と訴えた。

日が傾いて、商家の瓦屋根の向こうに隠れ、町は翳(かげ)ってきた。

「家に帰れば夕餉だ」

「いえ、それがですね、月が」

「月が何だ」

「もうじき、月が見える時刻になります。実は、今日は、昼の八つ（午後二時）過ぎからすでに、月は空に昇っています。十三夜の月です」

「それで？」

「それで、私は、天文台に戻って、月の観測を続けようと」

「まだ言うか」

「私はそのために江戸に帰ってきました。家に居ても、喰っては寝、喰っては寝、するだけです。それよりも、月の観測をしたいと思います。父上、お願いします」

新次郎は往来の真ん中に立ち止まり、頭を深く下げた。

「このとおりです、なにとぞ、お許しください」

わき見をして歩いていた女が後ろからぶつかり弾き飛ばされた。

「しかしなあ……」

「母上は？　どうしても帰ってこいと？」

菊乃は、ようすを見てこいと言っただけだ。確かに、こんな嵩張る男が、家でごろごろ、近所をうろうろして、人の目につくようなことをしでかせば、かえって佐江の縁談に悪い影響が及ぶかもしれない。それよりも、幕府の御用屋敷で月を見て、それが何かの役に立つのなら、八方が丸くおさまるというものだ。とりあえず、新次郎を家でしっかり受け入れる準備がととのうまでは、天文台に居てもらおうかな。そんなふうに考えた。

「まあ、おまえが志をもってそう言うのなら」

「ありがとうございます」

「ではここで」

「父上、別れる前に。腹が減りました」

「何か食うか？」

「はいっ」

新次郎は、きんつば屋の店先に駆け寄った。

「大坂で、これを夢見ていました」

新次郎に五個、天文台への土産に十個買った。

「上方では、きんつばではなく、ぎんつば、といいます。ご存知でしたか」

新次郎は、むしゃむしゃと頬張りながら薄暗くなった通りを歩きだす。きんつばは、ぶ厚く、餡（あん）がたっぷり詰まっている。新次郎の食べっぷりに、安兵衛も腹が鳴った。

「あ、そうそう、父上、さっき逢坂屋でわかったことがあります」

「勘太郎に伝えておくことがあるか？」

並んで日本橋を渡り、魚河岸を歩いた。

「兄上には、あの火取り玉の目鏡の出どころを調べるようにお伝えください。特殊な物ですから、江戸の眼鏡師で望遠鏡の目鏡制作にも携わっている者なら、売買の流れを知っているはず」

「すでにやっておるだろうが。それが大事か？」

「爆発の下手人は、火取り玉を使って火薬に火を点けたのにちがいありません」

「本当にそんなもので火が点くのか」

「点きます。発火しやすい火縄に、日光の焦点を結ぶのです」

新次郎は、きんつばの袋を、ゆるんだ襟元に押し込み、道端にしゃがむと、人差し指で地面に何やら描きはじめた。

まっすぐな横線を一本。

「これが火薬樽の上蓋だと思ってください」

その上に、線から少し離して、両端が尖った紡錘形の物をひとつ、斜めに傾けて描いた。

「これが火取り玉の目鏡」

その斜め上に、丸をひとつ。

「この円が太陽」

太陽から、目鏡の両端と真ん中へ、三本の線をそれぞれまっすぐに引く。

「この線は、日光の進むようすを表しています」

「ほう」

目鏡を挟んで、対称になるように、太陽の反対側にも、三本の線を引いた。

「目鏡が日光を屈折させ、このように光を集めるのです。つまり、こっちの三角形の頂点が、日光を集めて火を発する点になります。この点に火縄を置き、火薬につなぐと」

「なるほどなあ」

新次郎はきんつばの袋を持ち、裾の土埃も払わずに歩きだす。

「仕掛けを間違いなくすれば、日が南中して爆発するまでの間に、かなり遠くまで逃げることもできます。しかし、真夏ならまだしも、この季節に、南中時の日光を捉えるのは、むずかしい。だから望遠鏡に嵌める精度の高いものを使ったのでしょう。専門の知識と計算と、細かな準備ができて、はじめて爆発は、ととのいます」

説明すると、きんつばをむしゃむしゃと頬張った。

「天文にも、仕掛けにも、詳しい人物じゃな」

「難敵ですよ」

「嫌だな」

「何がでしょう?」

「こういう、頭を使って事件を起こすやつは、世間に挑む気持ちがあるのだろう。これっきりということはなさそうだ」

たそがれてきた。町家に混じって、船宿、海産物の店が並び、川面に屋形船の灯が浮かんでいる。この辺りは朝早く賑わう海の町で、夕暮れ時はさびしい。

正面に荒布橋（あらめばし）、右に江戸橋が見えた。新次郎はまっすぐに、安兵衛は右にと、別れる所だった。後ろからの残照(ざんしょう)で、二人の影が橋のたもとへ長く伸びている。新次郎はきんつばをたいらげて、残りの包みを見ている。

「土産は食べるなよ」

「ご心配なく」

足元の地面で、何かが動いた。

影だ。人の影が、背後から迫ってくる。安兵衛は振り向いた。刀身が見えた。ものも言わずに、男が斬り込んできた。

「わっ」

とっさに新次郎を突き飛ばした。

安兵衛は太刀を抜き、すくいあげるように伸びてきた二の太刀を弾いて避けた。

山岡頭巾(ずきん)で顔を隠した武士だった。袴をつけ、脚絆(きゃはん)を巻いている。右上段にかまえ、間合いを詰めてきた。

「何者だ、人違いだぞ」

安兵衛は正眼にかまえ、じりじりと後ずさった。

「新次郎、大丈夫か」

新次郎は、路上にひっくりかえっている。

「だあっ」

右上段から、びゅっ、と振り下ろしてきた。

その手首を斬った、ような手ごたえがあったが、安兵衛はつまずいて尻もちをついた。

江戸橋の南詰めから、ばたばたと何人かが走ってくる。

「何をしているっ」

「こらあ、止めんかあっ」

詰め所の役人たちだ。

頭巾の武士は、

「くそっ」

と吐き捨て、伊勢町(いせちょう)の通りを駆け去り、町の暗がりに紛れてしまった。

役人たちに囲まれた。

「いかがいたした？」

「いきなり襲ってきました。新次郎、怪我はないか」

新次郎は、路上に座り込み、

「ううぅっ」

と、うなった。

「新次郎」

新次郎はうなだれて見下ろしていた。きんつばの包みが踏み潰され、ぺしゃんこになっている。

「おのれっ、彼奴めっ。次に会ったらただではおかんぞ」

第二章

一

翌日の真昼九つ（正午）。

ずずううんっ。

重い地響きとともに、襖がびりびりと震えた。

寝間で仰向けになって京伝の黄表紙を読んでいた安兵衛は、天井を見上げ、起きあがると、猫の額ほどの前栽に顔を出した。

塀の外で、長屋の者が何かを言い合う声がする。

居間から菊乃が入ってきた。

「地震でしょうか」

佐江も廊下から入ってきた。外出の格好をして、不安そうな顔だった。

晴れた空を見上げていると、遠くで半鐘（はんしょう）が打ち鳴らされ、通りを叫びながら走る声が聞こえた。

「火事かな。離れておるが。見てこよう」

袴をつけ、大小を差した。

昨夕、帰途に斬りかかられたことは、菊乃には言っていなかった。襲撃者の正体も目的も思い当たらないが、出過ぎた真似をして同心ごっこをしたことは反省して、朝から自室で自粛していた。

「佐江は、どこへ行くのだ？」

「お華の先生のところへ」

「少し外のようすを見るか」

「大丈夫です。行ってまいります」

菊乃が、

「危ない目に遭ったらどうするの。お嫁入り前の大事な身ですよ」

と叱ると、ツンとそっぽを向いた。

「大丈夫といったら大丈夫です。家にばかりいたら、気がクサクサするわ」

「そうか。木が草草するから、お花を活けに行くのだな」

安兵衛の地口(じぐち)は無視して廊下へ出ていった。菊乃が睨んでいる。

「いずこも同じ秋の夕暮れ、ではなくて、いずこもオヤジ、呆(あき)れた昼どき、じゃ」

通りに出て、人が走っていくほうへ進むと、新場橋のたもとに出た。

川を挟んで、魚市場の向こう、日本橋の方角に、黒煙が昇っている。平松町(ひらまつちょう)の辺りだろうか。一昨日爆発があった逢坂屋とそれほど離れていない。瓦屋根の海の一角に、ぱっと炎が上がった。野次馬が、どっとどよめいた。

「今日は燃えておるな」

眉をくもらせた。

橋を渡り、河岸を走る野次馬に混じって、火事場に近づいた。

けっこうな大店が燃えている。

人ごみに巻き込まれ、火事場のそばまで押し出された。炎が踊り、顔が熱い。

火消したちが、まといを掲げ、鳶口、はしごを持って駆けまわっている。

その混乱の中で怒鳴りちらしている男がいた。

五十過ぎの、恰幅の良い、大店の主人といったかっこうの町人だ。

二重顎の、てらてらと脂ぎった顔を真っ赤にして、野次馬に向かい、手当たり次第に叫んでいる。

「おまえか、おまえか、おまえなのか、どうして、うちの店を、くそ、おまえか」

野次馬の襟首をつかんで揺さぶっている。

店を燃やされ、激怒して錯乱している主人だと思われた。

「何の恨みがあるんだ、おまえら、おまえらの中に、下手人がいる、覚えておけ、捕まえてやる、見つけてやるぞ、何がなんでも捕まえて、ぶち殺してやる」

凄みがあり、貫禄もある。しかし大店の主人とは思えない振る舞いだった。

安兵衛は、人ごみを脱け出し、新場橋を渡って戻りはじめた。

「賛宝先生」

橋の真ん中で、背の高い町人が寄ってきた。

「萬屋でございます」

版元の手代、青田賀新だった。

「火の手が上がっておりますねえ。どこのお店か知りませんが、あの燃えようでは、丸焼けでしょうか」

「あれはただの火事なのかな」

「とおっしゃいますと？」

「午の正刻に、爆発の音がしたようだ」

賀新は驚いたふうに安兵衛を見つめた。

「さすがは、先生。探索を進めていらっしゃるのでございますね」

「いやいや、だから違うのだ」

「ぜひお手伝いさせてください。岡っ引きの真似事はしたことありませんが、きっとお役に立ちますので」

「本にするんだろ」

「へへっ」

「俺にかまわずに仕事に行ってくれ」

「賛宝先生をお訪ねしようとしていたところです」

「日参か、勘弁しろ。それに、さっきから、先生先生と。先生と呼ばれる柄ではない」

「とんでもございません、先生」

賀新は、抱えていた風呂敷包みを解き、紙袋を差し出した。

「ご子息が天文台にお勤めだとおっしゃっていたので。うちではこんな本も出していますと、ご参考までにお持ちしました」

一冊入っていた。

『月満欠暦合戦』

「つきのみちかけこよみがっせん。天文の本かい？」

「月蝕（しょく）の夜に、カラス天狗（てんぐ）と修験者（しゅげんじゃ）が、京、大坂で天下分け目の大合戦を繰り広げる話でございます」

「何だそりゃ。売れたのか？」

賀新は、にっと笑い、

「話は荒唐無稽ですが、下敷きになる天文の知識は正しくてしっかりしています。いい加減な本づくりは許さないという萬屋の気がまえをおわかりいただけると思いました。ご子息にも読んでもらえれば、納得いただけるはずです」

子供まで巻き込まんでくれ、と内心でつぶやき、ふと、新次郎の顔を思い浮かべた。物見台でよだれをたらしていびきをかいている顔である。

無防備の極み。

胸騒ぎがした。

昨夕の襲撃者と、いま目の前で上がっている黒煙とが、頭の中で結びつく。

野次馬を見まわした。

「賀新さん、わるいが、行かなければならんところがあってね」

「そうなんですか。また、浅草へ？」

「気掛かりなことがあるのでな」

「一度、お時間をつくっていただけますか？」

「浅草の用が済んだら、お店へ寄るよ。日本橋の？」

「青物町です。お待ちしておりますので」

二

天文台の門を入ると、メメが子芋を山盛り入れた籠を抱えて運んでいた。

「手伝いか、感心だね」

「わたしの本業は飯炊きですよ」

「そんなことは新次郎にやらせればいいのに」

「新さんは出掛けました」

「どこへ？」

「さあ。今日は昼寝もしないで、張り切って出ていったわ」

安兵衛は応接所に入った。板の間に、新次郎の世話をしている観測係の男が、算盤の大きな紙を広げ、熱心に算木を動かしている。

「お仕事中申し訳ない。賛宝新次郎がどこへ行ったかご存知か」

観測係は顔も上げずに、

「杉田先生のところへ行くと言って出ました。杉田玄白どの。浜町の、天真楼。医術の塾です。おおい、メメはいるか」

計算を止めずに言った。メメが手を拭きながら出てくる。

「何ですか？」

「この方を、浜町の天真楼までつれていってあげなさい」

「自分で行けますから」

安兵衛は、
と言ったが、メメは、

「行きましょう」

手招きをして先に立った。

浅草橋を渡り、人の多い両国広小路に出た。

「忙しいのに、すまんね」

「飯炊きよりこっちのほうがいい。外に出ると、気がスッとする」

「補助係もやって、たいへんだな」

「母ちゃんが、天文台で飯炊きやってて、わたしもその手伝いで雇われたんだ。けど、すごく目がいいってわかってからは、星も見ろって、観測の補助係もやらされるようになって。あすこは人使いが荒いんだから」

「人よりも、遠くまで見えるのか？」

「望遠鏡並みだって言われた」

「わしも老眼で遠くがよく見えるぞ」

メメは広小路の先に目を向けた。

「じゃあ、両国橋が見える？」

安兵衛は目を細めた。

「ああ、見える。たもとで、黄色い旗が動いておる、飴売りだな。牛が、樽をのせた車を引っ張っておる」

「飛脚(ひきゃく)が走ってくるよ。それと、橋のたもとに、墨染衣の托鉢(たくはつ)のお坊さん。赤いべべ着た女の子もいる」

「どこに？　居らんぞ。両国橋までは見えておらんのじゃないか」

「その向こうだよ。薬研堀(やげんぼり)のほうの橋」

「元柳橋(もとやなぎばし)か。いや、ここから見えるはずが」

　視線を妨げる障害物はないが遠すぎる。しばらく歩いていくと、往来の中から、飛脚が駆けてきた。

「メメというのは本名か？」

「目がよく見えるからメメって呼ばれてるんだ。わかりやすい人たち。あっ、新さんの背中が見える。走っていく？」

「いいや、どうせ追いつかんさ」

　それでも足を速めた。

「メメさん、この辺りに、山岡頭巾を被った侍は居らんか？　袴に、脚絆を巻いている」

「お侍？　そんなのは、いないよ。岡っ引きが一人、新さんを尾けてるけど」

「新次郎は尾けられているのか」

「うん。昨日から、門の外に、へばりついてるやつ。あの同心の子分だよ。爺ちゃんが、友野って呼んでた同心の」

「爺ちゃん……」

元柳橋を渡ると、武家屋敷が増えてくる。往来の数は少なくなったが、新次郎の姿は見えない。

「新次郎は、天文台で、何をしてるんだね？」

「月を見てる」

「月を見て、いったい何の役に立つんだかな」

「新さんが言うにはね、お月さんを見て、おてんとさんとお星さんとの関わりを知れば、この世界の謎がぜんぶ解けるんだって」

「ぼんやりとした話だな。器械で観測したり、書き留めたりは？」

「ときどきは、してる。でも、たいがいは、ただ眺めてる。月が好きなんだよ、新さん」

「夜通し眺めておるのか？」

「うん。月が昇る時分に起きて、月が沈むと寝る。ひと晩ずっと物見台で月を見上げてる」

「寒くないのかな」

「だから肉襦袢（にくじゅばん）を着たんだって言ってるよ」

「ふん」

「お月見侍だね、新さんは」

三

長屋門の立派な旗本屋敷である。

杉田玄白、天真楼、と木札を二枚掲げている。

医学生らしい若者や、診察を受けるらしい町人が出入りして、思いのほか賑わっていた。

門をくぐると、メメは玄関に入らず、建物の横へまわっていく。

植え込みの脇を抜け、庭に面した書院の縁側に出た。

坊主頭の五十年輩の男が縁側で胡坐をかいていた。白い作務衣(さむえ)に、深紅のビロードの南蛮マントを羽織っている。

新次郎は、向き合って、庭先に立っていた。

「玄白先生」

「おや、メメどのではないか。何じゃ？　なんじゃかんじゃで、患者さんをお連れ申したか」

生気にあふれた、聡明そうな男だった。

「新さんのお父さんですよ」

「賛宝と申します。せがれがお世話になっております」

「おお、いま話を聞いていました。あなたが、ご隠居同心ですな」

「そのような役職はありませんが。新次郎、さっき、爆発があったぞ。午の正刻だ。逢坂屋の近くで、火の手が上がっていた」

新次郎は、はっと表情をあらためた。

「どこが狙われましたか」

「お、うっかりして、店の名は確かめて来なんだ」

「燃えているなら、仕掛けの道具は残りませんね」

新次郎は残念そうにつぶやき、玄白に、

「火取り玉を仕掛ける際に、仕掛けを水平に保つため、水盛台や、水木と目当て台といった大工道具を持ち込むのは大掛かり過ぎます。平線儀があれば、と考えました。それで、玄白先生に、平線儀の入手先をお教えいただこうと思いまして」

「天文方にはないのかい？」

「ありません。実は私も実物を見たことがなくて」

「それはそうだ。そこいらに出回っているものじゃない。源内どのの発明だ」

「平線儀を携行できるよう、簡易版をつくったと聞いたことがあります。平賀（ひらが）源内先生のご親友の先生なら、ご存知かと」

　安兵衛の眉がぴくりと動いた。

平賀源内は江戸で知られた奇才だったが、三年前に人を殺(あや)めて小伝馬町(こでんまちょう)の牢獄(ろうごく)で獄死した。安兵衛はその時まだ同心だったので事件のことは知っている。新次郎は、不穏な名前を口にしたのだ。

「新次郎、平線儀とは何だ？」

「水平の状態を正しく知る器械です。亡き平賀源内先生の発明のひとつです」

「世に広まっていないそんなものを、下手人が使ったというのか」

「知識と知恵に富んだやつなので。もし使っているなら、火取り玉以上に、売買の筋をたどっていけます」

　安兵衛が、

「やけに熱心だな」

　とつぶやくと、メメが言った。

「趣味が合うんですよ、新さんと下手人は。昨日は月を見ながらずっとその話をしてた。自分と同じ人間がいるのがうれしくて、探しているんだよ」

玄白は指先で顎を撫で、

「平線儀の簡易版か。試作品なのでな、あまり知られておらん。完成したんだっけ？」

「天文に関わる者の間で話題になったことがあります」

「源内どのがつくった品自体は、残っているかは、わからん。が、真似をして、同じものをつくることができる者は、おる」

慎重な口調だった。

「やはり、あいつが」

と新次郎の、たるんだ頬が引き締まった。

「うむ、あいつなら、な」

玄白は新次郎をじっと見つめ、

「だからな、その平線儀のことは、あきらめなさい」

きっぱりと言った。

「あいつ、いまはどこに？」

「知らぬ。江戸の深い深い闇の底に潜り込んでおるじゃろうて」

「源内先生の発明を使って、勝手に闇で儲けているかもしれません」

「われらの手には負えん。かまわぬことじゃ。見ぬことじゃ」

玄白は立ち上がった。首を横に振り、

「新次郎どの、よいな」

念を押して、奥へと去った。

四

新次郎は長屋門を出て歩きだした。腕組みをして考え込みながら歩くので、通行人が迷惑そうに避けていく。

「父上」

「何だ」

「父上は、裏の世界の人間に知り合いがいますか」

「そっちのほうか。お役目柄、いないこともなかったが」

「裏の世界に顔が広くて、ある人物の居場所を教えてくれるような者はいますか？」

「お役目を退いて、つながりはきれいに切れてしまったからなあ」

新次郎は、とがめるように安兵衛を見た。

「父上はこれ以上の探索に臆しているのでは？」

「うむ、ご隠居だからなあ」

「わが親ながら、情けのうござる」

メメが、

「新さん、お父さんは新さんの身を心配して言ってるんだよ」

と叱った。

安兵衛は言った。

「平賀源内と知り合いだったのか」

「二、三度、玄白先生のお宅で話を聞かせてもらったことがあります。知識と創意工夫があふれ出てくる天才でした」

「獄死した罪人だ。華やかな暮らしぶりだったが、探ってみると生臭い噂もあった。今更そっちのほうを素人のおまえがつつくことはない」

「しかし、あいつは、奉行所の探索では決して行き着けないところにいます」

真剣な顔だ。

「あいつ、とは、誰なんだ？」

新次郎は言うのをためらった。まるで忌み言葉を口にしろと言われたようだった。

「それほど、いわくのある人物か。名前ぐらい言ったらどうだ」

「せんないです」

「なぜ言えん？　確かに、玄白どのも、われらには手が負えんと言っておられた。言うても詮無いかもしれんが、言ってみなさい」

「せんないです」

「どうしても言えんのか」

「だから、せんないです。平賀詮無と名乗っています。源内をもじって、詮無。しゃれですよ」

周囲を不安げに見まわした。

「怪物です」

「死んだ源内の身内か？」

「自分では、闇の源内と称しています。源内先生の、弟子というか、愛人というか、源内先生のここを」

頭を指さし、

「丸ごと移し替えたようなやつです。ですがここは」

胸を指し、

「闇に落ちたやつです」

「そんな危ない輩（やから）が、特殊な平線儀の売買について、素直に教えるかな」

「私は顔見知りなので、会うことができれば、説得します」

「ふうむ」

薬研堀の元柳橋を渡った。

「父上」

「何だ」

「父上は昨日、頭を使って事件を起こすやつは世間に挑む気持ちがあるのだろう、とおっしゃいました」

「言ったな」

「これっきりということはなさそうだ、ともおっしゃった。父上の予感どおり、今日また爆発が起きた。二度あることは三度、です。食い止めなければ」

「おまえが危ない橋を渡ることはない。奉行所に任せておけばよろしい」

「平線儀は二の次なのです。こんな事件を起こして愉快がっているやつがこの江戸にいるとすれば、あいつかもしれません」

「平賀詮無が下手人だと？」

「会ってみればわかることもあるはず」

安兵衛は溜め息をついた。

「メメさん、岡っ引きはまだ尾いてくるかい？」

「うん。格子縞の袷(あわせ)に紺色の帯の男」

「おまえたちは先に行ってくれ」

新次郎とメメから離れて、安兵衛は八百屋の軒に隠れた。

目の前を、格子縞が通り抜けようとする。袖をつかんで引っ張り込んだ。

「急いでおるな」

「あ、旦那、お久しぶりでやす」

「どうしてせがれを尾けるのだ？」

「え？　あっしゃ、たまたまここを」

安兵衛は、手に小粒銀を握らせた。

「ひゃっ、さすがは、お見通しで。いやあ、あっしも嫌々、仕方なしに」

「友野どのの命令だな。しかし、天文方の中で、なぜ、せがれなんだ？」

「いや、それぱっかりはご勘弁を、あっしの首が」

もうひと粒握らせた。

「わっ、こりゃ、どうも」

きょろきょろと辺りを見まわし、

「友野様がおっしゃるには、この事件とよく似た事件が、一年ほど前に、上方(かみがた)で起きたそうでして」

「上方？」

「へえ、大坂で。火の玉盗賊、なんてシャレた名前で呼ばれてたとか。そいつが、江戸へ稼ぎに来たんじゃねえか、と」

「なるほど。下手人は、大坂に居たことのある、天文に関わる人物か」

「へい」

「うちのあのせがれが、塀を乗り越えたり、屋根から屋根へと走ったり、風のように敏捷(びんしょう)に立ち回る盗賊に見えるか？」

「いえ、まったく。あ、いや、そうですねえ、風というほどでは」

「これからまっすぐ天文台に帰る。俺が責任を持って見張っておく。おまえ、ずっと天文台に張りついていたんだろ。ちょっとひと休みして、美味いものでも食ってこい」

更にひと粒握らせた。

五

メメを天文台に帰し、安兵衛は新次郎と馬喰町へ向かった。

旅籠屋が軒をつらねる埃っぽい通りから、路地を折れ曲がって、陽の射さない裏長屋の間を抜けていく。

狭い裏路地の軒下に、人相の悪い、目つきの鋭い男たちが、ぽつりぽつりと立っている。安兵衛が先に立って進むと、男たちは、射るようなまなざしを向け、ハアハアと息苦しそうについてくる新次郎を避けた。

「旦那、この先は行き止まりですぜ」

どぶ板の上にたたずむ男が言った。

「この先に用があるんだよ」

「どんなご用で?」

「元締めに会いに来たんだ。いかづちの金吾親分に」

男の目に、凄みが増した。懐ろ手をして立ちふさがった。

「そんな者はいませんぜ。引き返しなすったほうがいい」

「賛宝安兵衛だ」

別の男が路地の奥へ消えた。安兵衛が振り返ると、来た道を、四、五人の男たちが、かたまってふさいでいる。そのまま待っていると、消えた男が戻ってきて、立ちふさがった男に耳打ちして引きあげさせ、

「どうぞ」

と先に立った。

突き当たりの格子戸をくぐり、薄暗い土間に立った。

抜き身の刃（やいば）みたいな怜悧（れいり）な空気をまとった男たちが影のようにたたずんでいる。

「お上がりなせえ」

また別の男に案内されて、式台から次の間、中の間を通り、奥の間に入った。

四十代半ばの痩せぎすの男が、壁に背を向けて胡坐をかいていた。

「やあ、いかづちの。元気そうだな」

「贅宝の旦那、お珍しい」

もの静かだが、瞳に凄まじい色を宿している。

案内の男が座布団を出して、座敷の隅にひかえた。安兵衛と新次郎が座ると、いかづちの金吾親分は煙管(キセル)に火を点け、ゆっくりと一服した。

「今日はどうした風の吹きまわしで？」

「ある人物の居どころを知りたくてね」

「誰です？」

「平賀詮無と名乗っている」

煙管の煙が途絶えた。金吾は、鼻から煙を吐き出し、

「それは、お止(よ)しになったほうがいい」

と言った。

「居どころを教えてくれるだけでいい。自分で出向くから」

「生きて帰れるかわかりませんぜ。あっしらでも、近寄らねえんですよ。旦那のためを思って言うんだが」

「いかづちの。今日は、借りを返してもらいに来たんだ」

金吾の目が光った。

「贅宝の旦那は、もう十手を預かっていねえんですぜ」

「貸しは貸し、借りは借りだ。俺ももう返してもらおうと思っちゃいなかったんだが。これでチャラとしよう」

金吾は、煙管の灰を落とし、葉を詰め替え、一服吸った。

「平賀詮無は、芳町(よしちょう)の、金葉楼(きんようろう)っていう陰間茶屋にいますよ」

「金葉楼か。あの界隈(かいわい)の、本丸みたいな茶屋だな」

「あそこを根城にしていて、二階の奥座敷に、きれいな若衆を何人も、はべらせていると聞きます」

「天守閣のお殿様か。いや、ありがとう」

立とうとすると、

「お待ちなせえ」

金吾が止めた。

「あっしもお供しましょう」

「どうしてだ？」

「贅宝の旦那があそこへ入ったまま出てこなかったら、黙って行かせたあっしの名折れでさあ。付き添いますよ。それでチャラだ」

部屋の隅にひかえていた男が、

「親分、相手が悪い。非道すぎる連中を相手に」

と言いかけるのを、金吾は眼光で制した。

「十人ばかり、いや、多いと大げさになるな、五人ばかり、集めろ。急げ」

男が出ていくと、

「明るいうちに行きましょう。日が落ちると、あの界隈は、暗闇の泥沼になっちまって、引き返せなくなりますから」

煙管をしまった。

六

昼間見ても、金葉楼は、まるで錦絵に描かれた、きらびやかな御殿のようだった。

女郎屋と違い、格子窓の張見世（はりみせ）があるわけではない。

総ヒノキ造りの長者屋敷といった外観で、歌舞伎仕立ての三色の幕が軒下を飾っている。壁には、紅白の造花が留められ、文字通りの花園と映る。玄関脇に、枝ぶりの良い小松が植わっていた。

いかづちの金吾と子分たちは、陰間茶屋が並ぶ一画の手前で、散り散りに姿を消した。

「見張っていますから」

金吾は手拭いで頰かむりして往来に紛れた。

安兵衛は、自分が筒に丸めた紙袋を握っているのに気づいた。版元の手代、青田賀新がくれた本を、手に持ったまま忘れていた。防具代わりに、懐に押し込んだ。

玄関を入ると、掃き清められた土間だった。

磨かれた長い式台に、若い男が座っていた。

「いらっしゃいませ。お二人様でございますね」

良い香りがする。十畳ほどの部屋に、色とりどりの振袖を着、島田髷に、化粧をした少年たちが、なよなよと座って、三味線を鳴らしたり、小さな声で話したりしていた。

「いや、遊びに来たのではないのだ。人を訪ねて参った。平賀詮無どのは居るかな？」

若い男は、愛想笑いを消し、無表情になった。そばにいた少年たちも同じようになり、視線を逸らせた。

「どちらさまで？」

新次郎が前へ出た。

「賛宝新次郎と申す。詮無どのにお取り次ぎいただきたい」

若い男が奥へ引っ込むと、少年たちの間に、緊張した空気が広がり、敵意の籠もった視線が安兵衛と新次郎に飛んできた。不穏な静けさに圧し潰されそうだった。

若い男が戻ってきた。

「お腰の物をお預かりします」

と腰の刀を見た。

「こういう場所の決まり事でございます」

安兵衛と新次郎は、大小を渡した。男は、そばの少年にそれを預け、二人を奥へ案内した。

廊下は折れ曲がり、坪庭を巡って続く。

階段を上がり、襖を開けて、座敷へ通った。

五色の布が壁を隠している。天井は金箔の地で、孔雀(くじゃく)や鸚鵡(おうむ)、蝶々が極彩色で描かれ、乱れ飛んでいる。縦長の五色の布は、天井からも垂れ下がり、幾重にも視界をさえぎって、ゆらゆらと揺れている。海底の竜宮はこのようであろうかと、夢幻の世界に足を踏み入れた心地がした。垂れ布で全体を見わたすことはできないが、座敷は、三十畳か、四十畳も、ありそうだった。

畳の上では、四、五人の少年たちが、寝そべったり、大きな枕にしなだれかかったりしていた。島田髷の形が崩れかけている、長keep襦袢をまとった半裸の男の子もいる。安兵衛たちには無関心なふりをしているが、神経は見知らぬ客に鋭く向けられている。警戒心と敵意がぴりぴりと肌を刺した。

布に隠れた奥から、声が聞こえる。甲高く、男か女かわからない、冷徹な響きのある声だった。

「一人やるんなら、三人まとめておやり。一人だけだと、恨んでたのはあんただって知られてるからすぐにバレちまうわ。三人なら、誰がなぜやられたか訳がわかんなくなるから。あ、そうだ。あの家は赤ん坊がいたでしょ。あれも巻き込んでさ、そんでもって、事故に見せかけちゃえば、バレないわよ」

事故ってどうするの、と他の声がぼそぼそつぶやいている。

「毒を呑ませてから、舟に乗せて、そいつを沈めるのさ。川から上がりゃあ、ぜんぶ土左衛門よ。さあ、下へ行って、細かい手筈を教えておもらい」

襖を開けて出ていく気配がする。

「ふう、世話が焼ける」

と指南していた声が言った。

「あの子は駄目だよ。情に溺れて、一文にもならないことをさ。賢くない。要らないわ。後で、あの子も、ね」

「はい」

別の声が静かにこたえて出ていった。

新次郎と安兵衛は、垂れ布を手で分けて進んだ。

十畳ほどの開けたところに出た。

床の間に、南宋画の掛け軸がある。柴垣の前で童たちが遊んでいる図だ。

床の間を背にして、赤地に草花文様の振袖を着た、総髪の、少年なのか少女なのかわからない、人形のような若者が座っていた。色白で、眉を剃り、口紅をさしている。目は切れ長で目尻が釣り上がっている。

新次郎がその前に立った。

「久しぶりだな。新次郎だ」

「新さん？　ほんとに新さんかい？　どうしちゃったのよ、まるで違っちゃって。名乗られても、ぴんとこない」

さっきから聞こえていた甲高い声で言った。

「人っていうより、大熊猫だわ」

「何だそれ？」

「清の国の山奥にいるんだって。絵で見たことある。白黒の斑だけど、そんな格好」

新次郎はそばの座布団に正座した。

「千代之丞、ずいぶんと豪勢な暮らしぶりだな」

「嫌、その名前で呼ばないで。もうすっかり平賀詮無なんだから」

詮無は、ついてきた安兵衛を見た。

「新さんのお父上？　覚えてるわ。お久し振りです」

安兵衛は新次郎の横で胡坐をかき、

「どこぞで会いましたかな？」

と見返した。

「新さんとは同じ道場でした。あたしは、霊岸島の小天狗って呼ばれてて。試合の日に、おじさん、見に来てたわ。新さんは、団子を買い食いして、試合に間に合わないで、おじさんに叱られてた」

「ああ、あのときの」

新次郎と同じ年だったと思うが、木刀さばきがやたらと敏捷で強い少年がいた。鵜飼という御家人の子息だった。あの時の、鵜飼千代之丞が、目の前にいる平賀詮無なのだ。

新次郎は足を崩して胡坐をかいた。

「詮無どのに訊きたい。源内先生の、平線儀の簡易版。この頃、売り買いがあったのか」

「あれは、失敗作よ。使い物にならなかった」

「つくりかえたりは？」

「しない。あんなものなくても、水平を知りたいなら、茶碗と水と紐があれば充分じゃない。新さん、あれが欲しいの？」

「いいや。では、望遠鏡に使う目鏡。売り買いはなかったか？　何枚かまとめて」

「そんな物、そこらの眼鏡屋であつらえればいいじゃない」

詮無は、にいっと笑った。

「買いに来たんじゃないのね。わざわざ謎掛けに来たんだ」

布をめくって静かに集まってきた少年たちを見まわして、

「平線儀と目鏡、と掛けて、平賀詮無と解く。そのこころは？」

新次郎を、ひたと見据え、

「おっと、そのこころを言う前に、掛けるものがもうひとつあるわ。源内先生が、鉱山探しに励んでいらした頃、発破をかけるために、火薬を勉強なさっていた。火薬にもいろいろあるのよ。音と煙だけ威勢がいいのや、周りに火を撒き散らすのや。目的によって使い分けるの」

不気味な無表情で、

「平線儀と目鏡と火薬、と掛けて、平賀詮無と解く。そのこころは？」

と言いなおした。釣り上がった日を細めた。

「そのこころを言う前に、もうひとつ言っておくよ。あたしはまったく関係がない。

関係がないのに、新さんが謎掛けに来たせいで、まるで関係があるようなかたちが、できちゃったじゃない。嫌い、新さん、むさくるしくなっちまって」

新次郎と安兵衛の後ろに座って取り巻く少年たちを見わたした。

「さて、そのこころは？　あたしが戻ってくるまでに考えておいて」

詮無はゆらりと立ち上がり、背後の桃色の布をくぐり、出ていった。

少年たちがこちらを見ている。蛇か蜥蜴（とかげ）のようなまなざしで、安兵衛は、自分が小さな虫になったように感じた。

「そろそろおいとましようか」

廊下でばたばたと足音がした。襖が開き、いかづちの金吾が顔を出した。

「旦那、出ますよ」

声が緊迫している。少年たちが殺気を放って立とうとする。安兵衛と新次郎は金吾について廊下へ飛び出した。廊下では、振袖姿の少年が、短刀を取り落とし、腕から血を流し、こちらを睨んで、倒れている。金吾は血の付いた長脇差（ながどす）をかまえて廊下を抜け、階段を駆け下りた。

玄関のほうへ走ると、

「こっちです」

別の廊下から、金吾の子分が呼んだ。安兵衛たちの刀と草履を抱えている。子分が先導して板の間を抜け、止めようとした店の男を突き飛ばして、勝手口から外へ出た。路地から路地へ走り、往来に出た。いつのまにか金吾の子分たちに囲まれていた。

「親分、辰（たつ）がいません」

「くそ」

金吾は血走った目で路地を振り返ったが、引き返そうとはしなかった。

安兵衛は、草履を履き、大小を差した。

「なぜだ？　あの子供らは、なぜ、わしらを？」

金吾は足元に唾を吐いた。

「訳なんかありませんよ。あいつら、詮無の気を引きたい、詮無を守りたい、詮無のために死にたい、それしか考えちゃあいねえ。あそこへ入ったきり出てこねえ者が何人もいるんでさ」

往来を歩きだすと、

「おじさん」

と男の子が金吾を呼び止めた。

「忘れ物だよ」

細長いものを包んだ風呂敷を金吾に渡し、駆け戻っていった。

金吾は風呂敷を開け、油紙にくるまれたものを見た。

斬り落とされたばかりの男の腕が一本入っていた。

子分たちは、うめいた。

「親分、こりゃあ、辰兄いですよ。ちきしょうめ」

あとを追おうとする子分を、金吾はつかんで止めた。

「やめとけ。今日のはこれでチャラだ、と言ってきたんだよ。引き返しても墓穴を掘るだけだ」

七

安兵衛と新次郎は、浅草天文台まで戻った。

門前まで来ると、それまで悄然（しょうぜん）としていた新次郎が、

「麻田先生、先生ではないですか」

と叫んで、一人の男に駆け寄った。

背割り羽織に野袴、打飼（うちがい）袋を斜めに掛け、手甲脚絆を付けた、五十前後の旅装束の侍だった。

「先生、いったいどうなさったのですか」

男はにっこりと笑った。

「賛宝君を追いかけてきたんだ。浅草の天文台で、江戸の月を見る。この誘惑には、あらがえない。四、五日、ご厄介になるよ」

「ああ、すごいなあ。天文方の皆さんも喜びますよ」

新次郎は興奮している。

「父です」

「せがれがたいへんお世話になりまして」

「大坂の麻田と申します」

新次郎が三年間師事していた麻田剛立だった。大坂で医者をしながら、天文を研究していると聞いていた。

「大坂では、せがれがさぞご迷惑をお掛けしたことでしょう」

麻田は微妙な苦笑いを浮かべた。

「江戸にご逗留中はぜひ拙宅にもお越しください。何のおかまいもできませんが」

新次郎が麻田の手を曳かんばかりにして門内に入っていくのを見送った。

安兵衛は、家路をたどりながら、ほっとした。

新次郎が事件に深入りすることが心配だった。ひとつのことが気になったら、とことんまで探っていく。危ない目に遭い、騒動に巻き込まれていく。その行動は親にも制しがたい。平賀詮無を追及するだけでは終わらないだろうと危惧していた。そこへ、大坂から天文の先生が訪ねてきた。新次郎の関心は、しばらくは月の観察に向いて、事件から離れるにちがいない。

「やれやれ、その間に下手人が捕まればいいのだが」

浅草橋を渡り、ふと昏(くら)い顔になった。

同心の友野は、下手人として、新次郎に目をつけているのだ。

大坂で似た事件を起こした火の玉盗賊。大坂から来た、天文に関わる人物。いったん疑いを掛ければ、あとは、捕らえて、牢獄に押し込めてしまう。私がやりましたと白状させる方法は、拷問蔵に入れてしまえば、幾らでもある。

「まずいな……」

腕組みをした手が、懐の硬い物に触れた。

紙袋が入っている。

「ああ、そうだった。用が済んだら店へ寄ると言ったんだった」

『月満欠暦合戦』

月蝕の夜に、カラス天狗と修験者が、京、大坂で天下分け目の大合戦を繰り広げる話だった。下敷きになる天文の知識は正しくてしっかりしていると、版元の手代、青田賀新が言っていた。ふと気になった。

「京、大坂で、か」

奥付けを見た。

江戸日本橋青物町萬屋壱兵衛、と並んで、大坂心斎橋筋阿倍野屋七味衛門（しんさいばしすじあべのやしちみえもん）、とある。江戸と、大坂と、二つの町で刊行されているのだ。

筆者は、青田月兎（げっと）。

「ふうむ……」

安兵衛は、道を変えた。日は傾きはじめたが、七つ（午後四時）にはまだ間がある。歩きながら、走り読みした。

「ふむ、ふむ」

目の色が、厳しくなっていく。

青物町の書肆萬屋は、二間（けん）間口で、土間から板の間に本棚が並び、浮世絵から黄表紙、役者の評判記といった売れ筋が目につく場所に積まれていた。職人尽くし、道具尽くしの絵図帖や、専門書の類いもある。

「これはこれは、賛宝先生、お疲れ様でございます」

店番をしていた青田賀新に、奥の畳の間へ通され、お茶を出された。

「で、どうでしたか？　探索のほうは？」

「いや、そういうものではないよ。それより、昼の火事、あれは、この近くではないのかね？」

「はい。平松町の、播磨屋です」

野次馬に向かって怒鳴っていた男の顔を思い浮かべた。

「あれが播磨屋建造か、一代で財を成したとかいう。大店だな。一昨日の逢坂屋と同じ両替商だ」

「播磨屋のほうが大きいですが。誰もいない所で爆発が起きて、店が丸焼けになったと聞きました」

安兵衛は本を出した。

「おもしろかったよ。カラス天狗の隠れ家の鞍馬山を、大花火で吹き飛ばしてしまうなんて、痛快じゃないか」

「恐れ入ります」

「この本の筆者、青田月兎、とあるが、賀新さんの筆じゃないのかね」

「いえ、違います。青田だからですか」

「うむ。筆者に会ってみたいんだが。江戸の人かい？」

「ええ、そうです。でも、どうしてまた？」

「おもしろかったからさ。話の運びようがお上手だね。これから書く者として、いろいろと教わりたいと思うんだ。ここへ来たついでに、これから月兎先生のところへつれていってもらえないか。わがままをいうようだが」

「書いてくださるってことですね？」

「桐谷どのの筆には及ばないが」

「『大草鞋五人男』ですか、あれは」

笑いそうになった顔をあらためて、

「では、青田月兎の家へおつれします」

と立ち上がった。

八

瀬戸物町と伊勢町の境辺りだった。

下水の臭いがよどむ、じめじめした路地奥の、九尺二間の裏長屋だった。

「わが家でございます」

青田賀新は恥ずかしそうに言って立て付けの悪い戸を開けた。

狭い土間と式台。四畳半の間。奥の間は襖で閉め切っている。

「平治」

賀新は襖の向こうに声を掛けた。

ううん、とうなり声がする。

「お客様だ。おまえの『月満欠暦合戦』を読んで、おもしろいとおっしゃってな、話をしたいとご所望なんだ」

「兄さんが話しといてよ」

気の弱そうな細い声が答えた。

「そう言わずに。たまには外の人と話してみるのもいいもんだ」

賀新は、そっと襖を開けた。

薄暗い奥の四畳半は、まるでゴミ捨て場のようだった。万年床の周りに、書籍、反古（ほご）紙、筆、算盤の紙、算木、何かの器械や観測儀が、ごちゃごちゃに埋もれている。室内に籠もった湿っぽい臭いが流れ出る。布団の上で、若い男が、紙衾（かみぶすま）にくるまり、背を丸め、紙片に顔を寄せて、いっしんに筆を走らせていた。

「こちらは賛宝様だ」

平治は、身を守るようにうつ伏せたまま、ちらと安兵衛のほうに目を動かしたが、視線は合わせなかった。安兵衛は敷居の手前で正座した。

「青田月兎先生でいらっしゃいますか。先生のご著書に感服いたしました。拙者も書いてみたいと思うものの、どう書けばよいのかと思案に暮れておりまして、ご教示をたまわりにまいった次第です」

「どこがおもしろかったの」

　小さい声で訊き返してきた。

「修験者が陰陽道の秘宝をもってカラス天狗と戦うところです。陰陽道の暦について造詣が深いとお見受けしましたが？」

「うん」

「それに、京や大坂の町のようすが詳しく描かれていて、旅をした気分が味わえました。月兎先生は上方へは行かれたことがあるのですか」

「ある」

「それと、カラス天狗と戦う修験者が、日蝕、月蝕を予知して、罠を仕掛けるところが、おもしろうござった。ああいう天文の計算は、むずかしいのではございませんか」

「むずかしくないよ」

「拙者にもできますか」

「天文を学ばないと」

「お恥ずかしいが、お話に出てくる計算の仕方が、どうもちんぷんかんぷんでござった」

平治は、筆を止め、積み上げた本をごそごそと探っていたが、一冊抜き出し、ぽんと安兵衛の前に投げた。『陰陽暦修法』と記してある。

「それ読んで、出直してきて」

あとは筆を走らせることに没頭した。安兵衛が、

「はあ」

と表紙に目を落としていると、平治は、敷居際まで這ってきて、襖を閉めてしまった。

賀新が先に立って路地を戻った。

「不調法な弟で、お気を悪くされたでしょう」

「いやいや、執筆にご熱心なようすで」

「この半年ほどはあんなふうに引き籠もっていまして」

「上方へ行ったことがあると言っていたが？」

「わが家の恥をさらすようですが」

賀新は自嘲するように頬を歪め、

「うちは以前、廻船問屋を営んでおりまして、それなりに羽振りもよかったのでございます。弟は、好きな天文暦を修めるために、京の陰陽師のもとへ遊学していました。ところが、親父が商いに失敗して、破産、一家離散の憂き目を見まして、弟も志半ばで帰ってきました」

「それは、気持ちも鬱々とするだろうね」

「ええ」

「気分を変えて外へ出掛けることは？」

「さっきご覧になったとおりです。病を得て、いまは歩けませんので」

安兵衛は言葉を失った。

「私は、江戸で一番の版元になって、弟にも良い目をさせてやるつもりです」

通りの辻で賀新に見送られて、安兵衛は家路についた。

暮れはじめていた。一人とぼとぼと歩いた。

「いや、自分が恥ずかしい……」

新次郎が疑われているからといって、他に誰か下手人になりそうな人物を求めたのだとしたら、われながら、さもしい限りだった。自分の家庭を守ろうとするあまり、他の家庭を潰そうとするなんて。青田兄弟に申し訳のない気持ちだった。

九

夕餉の席で、菊乃はご機嫌斜めだった。

「火事のようすを見にいくと言って出て、いつまで経ってても戻ってこないので、心配しました。火事場で火に呑まれてしまったのではないかと」

「その足で、新次郎のようすを見にまわったものでな」

「うちに戻ってひと言ことわってから行ってくだされればよろしいのに。あなたがいらっしゃらない間に、桐谷様からお使いの方が来られたのですよ」

「桐谷様から？　どうかしたのか？」

「明朝、桐谷様父子で、奥方のお墓参りに出かけられるそうで、その帰りに、うちへ立ち寄らせていただいてもよろしいかとのお問い合わせでした」

「仁左衛門どの、雄之助どの、父子揃って来られるのか。それはうれしい」

「うれしいではありませんよ。あなたがいらっしゃらなかったので、どのようにお返事すればよいかわからずに困りました」

「断ったのか？」

「そんなはずがないでしょう」

　菊乃は、せわしなく箸を動かした。菜は、がんもどきとこんにゃくの煮物だった。醬油の香りと味付けがよいが、いかにも、腹膨れればこと足りる、という食材だ。こんにゃくも、いつも買うものより安い、ぱさぱさ、ぼろぼろの嚙みごたえだった。安兵衛は、明日の接待のために節約したのかと思ったが、それを訊くのは墓穴を掘ることだとわかっていた。

「桐谷様のところへは、お土産に何を持っていったのでしたか？」

　と菊乃のほうから訊いてきた。

「豊島屋で酒を買っていった」

「一升樽で？」

「二合徳利で」

「まあ」

口の中で、恥ずかしい、とつぶやいたようだった。

「それで、桐谷様では、どんなもてなしをしていただいたの？」

「持っていった酒を、つぶ貝の煮物で一緒に呑んだよ。豪奢（ごうしゃ）な菜ではないが、美味（うま）かったなあ」

「あなたの土産に合わせて、そうなすったのよ。きっと気を遣われたことだわ」

仁左衛門どのはざっくばらんな方で、あまり仰々しいもてなしには辟易（へきえき）なさるだろう、と言いたい言葉をのみこんだ。

「あなた、このところ毎日のように出歩いていらっしゃるけど、明日は家にいらしてください」

「わかっておる」

安兵衛は佐江を見た。佐江は何気ないふうをよそおって言った。

「わたし、明日はお琴のお稽古がありますから」

「お稽古は休ませていただくと、お師匠さんに断りを入れてあります」

有無を言わさぬ口調だった。

安兵衛と佐江の日が合った。佐江はふてくされたように目を逸らせた。

勘太郎と濱は目の前の煮物に気持ちを集中させている。

十

安兵衛は、床に入る前に、借りてきた『陰陽暦修法』を広げた。

すぐに目がとろんとしてきた。この三日間、江戸中を歩きまわって、疲れている。

「父上、よろしいですか」

勘太郎だった。入ってくると、襖を背に正座した。今夜はそのまま、何か、言いにくそうにしている。

「平松町の播磨屋はどんなようすだった？」

と水を向けた。

「午の正刻頃に中庭の隅で爆発がありました。納屋が燃え、庭を挟んだ店にも火の手が上がり、丸焼けになりました」

「中庭を挟んで家屋に燃え移ったのか」

「いえ、どうやら、火薬樽に併せて、花火のようなものも仕掛けてあったようです。爆発と同時に、中庭に面した店の軒下で火の玉が炸裂し、燃え広がった、と。火薬樽を仕掛けた場所を調べましたが、激しく焼けていて、焼け炭と灰しか残っていませんでした。ビードロの欠片はありましたが、小さくて、元の形はわかりません」

「凝った仕掛けをしたものだな。どこから中庭へ運び入れたんだろう？」

「裏木戸の辺りに、草履の跡がありました」

「金蔵の周りには？」

「それが、金蔵はまったくの無傷でして。店内で火事場泥棒があったかはわかりませんが、騒ぎの中で不審な者は見なかったといいます」

「火が点いたときに、そこに人はいなかったのか」

「そういうことになります」

「またか。火の玉盗賊のしわざという話があるが、金が目当てとはいえないのかもしれんな。播磨屋や逢坂屋の、評判はどうなのだ？」

「聞き込みを始めました。しかし……」

「しかし？」

「狙われたのが、評判の悪い、恨みを買っている商人だったとしても、こんな復讐の仕方があるでしょうか。恨みを晴らすなら、夜中に火をつけるなり、店の主人に近づいて刺すなり、もっと簡単で確かなやり方があります」

「下手人は、仕掛けの趣向そのものをおもしろがっておるのか」

「世間の目をひくのが目的かもしれません」

「ふむ。ひと癖あるやつだな。新次郎が言っていた、特殊な目鏡を売買した筋は？」

「まだ見つかりません」

勘太郎は、口を閉じて、目を伏せ、何かを言い出そうと、口の端をひくひくさせた。

「父上」

「うむ？」

「新次郎が疑われております」

「友野どのだな」

「はい。友野どのは、天文の方面で調べを進めて、すでに探索の一歩先を行っているというか、奉行所内で勢いを強めております。進め方がいささか強引だとは思いますが」

「上を目指しているからな、あの御仁は。巻き込まれる同心もいるだろう」

「はあ、同調する者も多くて」

「下手人は新次郎ではないぞ。あいつには、そもそも、世間に対して何か事を成そうという気概がこれっぽっちもない。夜に月を眺めて、昼は寝ている。この二日ほどは、私が連れ歩いているから、監視もできているわけだ。それに、江戸に戻ったばかりで、仕掛けの材料を手に入れる筋も金も持たない。だいいち、あの図体で、商家の庭にこっそり忍び込んで、誰にも見つからずに仕掛けを作って出ていくなど、できると思うか」

「ごもっともです。おっしゃっていることはけっこう酷くはありますが。新次郎を知る者には納得できる考えです」

「友野どのは納得しない？」

「友野どのの手下が申しておりました。新次郎と父上が逢坂屋に来て」

「あれは現場を見に行ったのだ」

「手下が言うには、新次郎の言動は不審であった、と」

「世間の目から見れば、常に挙動不審なやつだ」

「友野どのが言うには、それはひょっとすると、現場に、何か大事な忘れ物を取りに来たのかもしれない、あるいは、残された証拠を隠滅しに来たのかもしれない、下手人は現場に戻るものだから、と」

「こじつけだ」

　安兵衛は憤然として勘太郎を見た。

「それで？　おまえは何と考えるのだ？」

「私には、あいつがそんなことをするはずがないとわかっています」

「そうだろう」

「ですが」

「ですが？」

「肉親の情が、同心としての目を曇らせ、真実への探索を鈍らせているのだとしたら」

「おいおい」

「大坂に居た三年間で新次郎は変わったのかもしれない、と言われたら、否と言う根拠がありません。それに、今日、新次郎の師という人物が浅草天文台に現れたとか」

「名の高い天文学の先生だ」

「果たして本人かどうか。友野どのが言うには」

「実は火の玉盗賊の親玉だと言うのだろう」

「たとえ先生本人だとしても、麻田剛立なる人物は、十年前、九州のさる藩を脱藩して大坂へ走った、いわくつきの浪人である、と。幕府の暦に載っていなかった日蝕を予想して当てたこともある、何やら不穏な人物である、と」

「すごいではないか。言いがかりも甚だしい」

安兵衛は勘太郎を見据えた。

「友野どのが、新次郎を捕縛すると言えば、おまえはどうするのだ？」

「私は……」

拳を握りしめた。

「私は、同心です。父上とは違って」

「もうよい。寝る」

安兵衛は背を向けた。

「おやすみなさい」

襖の閉まる音を、背中で聞いた。

第三章

一

障子窓を透かして朝日が射し込んでいる。

安兵衛は、床から起き上がろうとして、

「うっ」

と固まってしまった。

背筋から腰にかけて、ずうんと痛みが走った。ぎっくり腰というやつだ。

「ううん、しまった」

うつ伏せになり、ゆっくりと手足を曲げ、うずくまる姿勢になった。背中と腰を伸ばしているつもりだった。

「このところ、久しぶりに、江戸中を歩きまわっていたからな」

尻にも痛みがある。江戸橋のたもとで見知らぬ侍に襲われて尻もちをついたのを思い出した。

「一日遅れで。年を取ると、後から来る」

動くのが怖くて、じっとうずくまっていた。

「あなた、起きていらっしゃいますか」

襖越しに菊乃が呼んだ。

「うむ」

「朝餉を召してくださいな、台所の片付けができません」

菊乃は、入ってくると、襖、障子を開けてまわった。

「そんなかっこうで何をしているんです？」

「腰が痛む。背中の筋を伸ばしているんだ」

「大丈夫ですか？　今日は桐谷様がおみえになりますから。寝ていられませんよ」

「うむ」

「このお部屋も、仁左衛門様をお通しして、男同士で内緒の趣味の話をなさるんでしょ？　掃除をしておきませんとね」

安兵衛は、両手を突っ張り、ゆるゆると上体を起こし、そうっと立ち上がると、そろりそろりと歩いた。

朝餉を取り、畳の上を行き来しているうちに、痛みは薄れた。眠っている間に硬くなった背中や腰の筋が、ほぐれたようだった。それでも、立ち居を慎重にし、重い物は持たず、体をひねったりはしないで過ごした。

「新次郎のことだが」

座敷でハタキをかけてまわる菊乃についていき、

「うちに帰らせて、ここに居らせるほうがいいと思うんだが。天文方にちゃんとした身分で雇われたわけではないし、あそこへ押しかけて勝手に居据わっているのは、どうも……」

「それはよろしいのですけれど、わが家も、濱が来てからは手狭ですし。あなたの寝所で一緒に寝起きさせますか」

「いやそれは……しかし新次郎の行く末を考えれば」

「わたしだって考えています」

　ハタキをせわしく振りながら、安兵衛をキッと見た。

「あの子をこのまま追い出すつもりなんてありません。家に戻ってこさせて、生活をととのえさせて、しかるべき役所に仕官させるか、それなりの家に養子に出すか、ちゃんとしたかたちで送り出してやろうと思います。でも、いまは、佐江のことを考えてやらなければ。この縁談をまとめるのが先です。そう思いません？」

「うむ」

「桐谷様がうちにみえたときに、新次郎がむさくるしいかっこうで大の字に寝て高いびきをかいているところや、部屋中に本と観測儀を散らかしてごそごそ動きまわっているところを見られたら。ああ、ああ」

　体をぶるぶると震わせ、

「せめて今日は、新次郎を連れ帰ってくるのを、待っていただけませんか」

「そうだな。桐谷どのがお帰りになってからだな」

昼前に、桐谷父子が訪ねてきた。

仁左衛門は、玄関で、藁で巻いた包みを差し出した。

「菩提寺の門前で、美味い味噌を売る店がありましてな。味噌汁も美味いし、餅や魚に塗って焼いても美味しい」

式台に迎えに出た菊乃は、相好をくずした。

「まあ、お気遣いいただいてありがとうございます。昼餉をご用意いたしておりますので、ごゆっくりなさってください」

「あ、いや、すぐに失礼しますので、おかまいなく」

仁左衛門は昼餉を取らない習慣なのか、真顔でそう言ったが、菊乃が座敷に誘い、父子を上座に就かせた。安兵衛が対面して座すと、菊乃と濱が膳を運んだ。菜は、焼き鯛に、焼いた松茸、しいたけ。香ばしい空気が満ちた。それに加えて、手土産の味噌を味噌汁にして出した。

「これはこれは」

恐縮する仁左衛門に、菊乃がお酌をした。

「佐江」

と菊乃が呼ぶと、

「はい」

佐江がしずしずと入ってきた。明るい紫の地に草花と紅葉を散らした振袖姿で、

「いらっしゃいませ。ようこそおいでくださいました」

と三つ指をつく。

「雄之助どのにお酌を」

「はい」

雄之助は、

「これはどうも」

と硬くなって猪口(ちょこ)を両手で持っている。

やり過ぎだろう、と安兵衛は胸中でつぶやき、菊乃の注(つ)いだ酒をあおった。

「いただいた味噌を、この子が味噌汁にしましたの」

菊乃は自分の後ろに控える佐江を振り返った。

「これは美味い。佐江さんは料理上手ですな」

と仁左衛門は上機嫌だった。

佐江はおしとやかにうつむいている。安兵衛には、不機嫌をおし隠しているようにも見える。

「雄之助様のお勤めは、お忙しいのでございましょう?」

菊乃が水を向けると、雄之助は緊張して、

「はい、勘定奉行の中でも、勝手方におりまして、幕府財政の出納や、代官の人事などを担当しておるのですが、毎日、帳簿の整理と計算に追われております。そもそも、財政というのは、年貢米と金銀貨幣の管理が主な仕事になりまして、昨今は天領の米が不作続きで」

話も四角張っているが、容貌も四角張って武骨な印象だった。

「おい、雄之助、味噌汁が冷めるぞ。熱いうちにいただきなさい。うむ、この鯛も、身が柔らかくて、実に美味しい。どこの河岸でお求めになりましたか」

仁左衛門が如才なく場の空気をつくっている。

菊乃はにこにこと機嫌がよく、佐江は愛想笑いを彫りつけた人形のようにおとなしい。

安兵衛は、内心そわそわしていた。

自分でも、どうして落ち着かないのだろうと不審だった。

真昼頃だった。今日もまたどこかで、どおんと爆発音がとどろかないかと、不安を感じているのだと気づいた。

ほがらかに話を合わせながら、鳴るか、鳴らないか、と気もそぞろだった。

昼餉が済むと、佐江に、前栽の花を雄之助どのにお見せしなさいと言いつけ、安兵衛は仁左衛門を奥の座敷に導いた。

仁左衛門は、座るやいなや、

「萬屋の青田が来ましたでしょう」

と言った。

「はい、おかげさまで、いろいろと勉強させていただいています」

「青田も張り切っていますよ。贅宝どのは筋が良さそうだ、経験上おもしろい話もたくさん持っておられるだろうし、売れる本が出せそうだと」

「まだ一行も書いていませんので」

「ぜひお書きください。お仲間になって、ゆくゆくは一緒に旅して紀行文を出すなどというのもいいですなあ」

「夢がありますな」

「二人で伊勢参りをして、道中記を書く、とか」

「東海道中ですか。楽しいでしょうなあ。隠居冥利(みょうり)に尽きるような」

仁左衛門は、ぐいっと顔を寄せ、

「実は、身共のが、出せそうです」

と目を輝かせた。

「『大草鞋五人男』ですか？」

「ええ。青田が、これはおもしろいので預からせてください、と持っていきました。

盗賊を描いたものは流行るかもしれないと言って。不謹慎かもしれないが、巷では、例の事件が話題でしょう」

「火の玉盗賊ですか」

「それです。『五人男』の中にも、大店に火をつけて小判を奪う話が出てくるので、世間の関心に合うかもしれません。盗賊が自らの体に火薬袋を巻きつけて見得を切る。あの場面は歌舞伎にしたら受けるでしょうなあ」

「楽しみですな。拙者も、がんばってみましょうか。青田さんも苦労人だから、ひとつ当てて、男にさせてやりたいものです」

桐谷父子が帰ると、玄関で見送った安兵衛は、背筋をのばし、拳で腰を叩いた。鈍い痛みが残っていた。

「ふう」

佐江がそばに立っている。

「どうだ、雄之助どのは？　律儀で仕事熱心で、間違いがなさそうだ」

「つまらない」

ぼそりと言った。

「つまらないとは？」

「二人でいる間、ずうっと、仕事の話ばっかり」

「最初はそんなものだろう」

「わたしが、好きなお芝居は？　て訊いたら、佐江さんはお芝居なんかを観るのですかってびっくりしてるんだから」

腕をぐるぐる振り回して長い振袖を巻きつけた。

「殿方はそれぐらい生真面目なのが良いのです」

菊乃が言った。

がらがら、と玄関戸が勢いよく開いた。

「旦那っ」

飛び込んできたのは、安兵衛の代から使っている、岡っ引きの彦八(ひこはち)だった。三十代半ばの丸顔に、びっしょりと汗をかいている。息を切らせて、口をぱくぱくさせた。

「どうした？」

「し、新次郎様が、お縄になりました」

「ええっ」

「友野様ご配下の捕り方に召し捕らえられ、小伝馬町の牢獄に」

「なにっ、痛っ、イタタ」

安兵衛は顔をしかめ、壁に手をついて体を支えた。

背後で、どたっと重い音がした。

腰の痛みを堪(こら)えて振り返ると、菊乃が気を失って倒れている。

二

床をのべさせて、安兵衛は横になった。

腰に負担がかからないように、仰向けになり、両膝を曲げて立てた。

襖の向こうでは、床に寝かされた菊乃が、時折り、ううんとうなされている。

「父上」

勘太郎の声がした。

「どうした？　早退したのか？」

勘太郎が入ってきて正座した。

「お体の具合は、いかがですか」

「腰に来た。少し休めば大丈夫だ。それよりおまえはどうしたのだ？」

「新次郎が捕縛されました」

「うむ」

「私は、自宅にて待機せよと命じられて」

「なんだとっ、賛宝家は閉門か」

「いいえ、まだそこまでは。身内が取り調べを受けるので、それに加わるのは自粛せよということです」

「新次郎は無実だ。事件の前に浅草天文台から出なかったのは、あそこの天文方の人たちが知っている」

「天文方の人々も一網打尽で捕まりました。観測儀もあれこれと没収されています」

「なんと。友野どのはキツイことをする」

安兵衛は天井板の木目模様を見上げた。

「新次郎が厳しい取り調べに耐えられるとは思えん。痛いのは嫌いだから、ちょっと小突かれただけで、自分がやりましたとやってもいない罪を白状するだろう」

襖が開き、隣りの居間から、菊乃が顔を差し入れた。

「あなた……」

ほつれた髪が青白い頬に掛かり、幽霊のようだった。目だけはらんらんと燃えている。

「お裁きを受けるような悪事が、あの子にできるはずありません。これは冤罪(えんざい)です」

「おまえの言うとおりだ。新次郎を知っている者にはそれがわかっておる。だが、世の中のすべての人が新次郎を知ってくれているわけではない」

「他人事(ひとごと)のようにおっしゃらないでください。こうなってしまったら、あの子を救えるのは家族だけです。勘太郎が家から出られないのなら、あなたが本当の下手人を捕まえてきてください」

「ええっ？」

「昔とった杵づかと申します。半年前までは同心だったじゃありませんか」

「しかし腰が」

菊乃は入ってくると、箪笥から晒を出した。

「さあ、立って。着物を脱いでください」

安兵衛がよろよろと立ち上がり、ふんどしひとつになると、菊乃は、晒を腰に巻いて、ぎゅうっと締めあげた。

「息が……」

「新次郎のお仕置きに耐える力を考えると一刻の猶予もなりません」

「歩けるかな」

「勘太郎の地位も、佐江の縁談も、あなたの働きに掛かっています。下手人を捕まえるまでお戻りにならぬように。どうか存分にお働きください」

凄まじい眼力で安兵衛を見上げた。

三

背筋から腰に鈍い痛みが張りついている。

体をひねったりつまずいたりしないように慎重に歩いた。

浅草の天文台を目指したが、途中で浜町の杉田玄白の屋敷に寄った。

門が閉ざされ、本日休診、本日閉講、と張り紙がある。

「ううう、せっかく来たのに」

顔をしかめて立ち尽くしていると、通用口にいた男が、

「治療に来られたのですか」

と声を掛けてきた。

「あなたが歩いてくるのを見ていましたが、まるで出来の悪いからくり人形だ。腰をやられましたね」

「わかりますか。玄白先生に診ていただこうと思ったのですが」

「先生はしばらく帰ってきませんよ。いつ帰って来られるのかも……」

男は暗い顔になったが、

「よろしければ、私が診てさしあげましょう。蘭学医としてはまだ修業中ですが、元々は鍼(はり)医者ですので」

と通用口を開けた。

あれだけ流行っていたのに、今日は深閑としている施療室で、鍼の治療を受けた。背筋のツボに鍼が入ると、鈍い痛みが、すうっと薄れた。

「背筋が硬くなって攣(つ)っていますよ」

「やはり」

「これは根治治療ではありません。一時の痛み止めです。家で安静にしていてください」

「助かりました。しかし、玄白先生はどうなされたのですか？　弟子の方々も？」

「先生は連れていかれたのです」

男は辺りに誰もいないのに声をひそめた。

「今朝、とつぜん同心と捕り方が踏み込んできて、尋ねたいことがあるからご同道願いたい、と。先生はそのまま連れていかれ、他の者は自宅で待機するように命じられ、追い払われました。私はどうしても読んでおきたい研究書があったので、さっきまでこっそり居残っていました」

「先生は、いったい何の疑いで？」

「それがさっぱり」

男は首を横に振った。

申し訳ない、玄白先生、と安兵衛は頭を垂れた。

屋敷を出て、浅草天文台へ向かった。

天文台も門を閉ざしていた。

塀の向こうに、築山と観測小屋が見える。

物見台に、メメがぽつんと立っていた。メメは安兵衛を見つけたのだろう、石段を駆け下りて姿を消した。しばらく待っていると、鳥越橋のたもとのほうから、

「爺ちゃん」

のだ。

と呼ぶ声がした。メメが手を振っている。裏口から脱け出て御蔵前をまわってきた

安兵衛は通りに戻った。

「どうなっておるんだ?」

「捕り方がやってきて、新さんを連れていったよ」

泣きだしそうな顔で言う。

「他の人も捕まったそうだな」

「観測係の人たちも、大坂から来たお客さんも。新さんの先生だっていうおじさん」

「麻田先生まで?」

「うん。台長は無事だけど、観測係が足りなくなっちゃって。わたし、連れていかれた人たちのぶんまで働かされてるんだ」

「それは申し訳ない。新次郎のせいで」

「新さんは悪くないよ。あのバカ同心がバカ勘違いするから」

安兵衛は手のひらを立ててメメの言葉を止め、辺りを見まわした。

御蔵前の往来に、十手を持った者の姿は見当たらない。

「新次郎は何か言っておらなんだか？」

「下手人を捕まえるんだって言ってた」

「どうやって？」

「そんなこと知らない。でも、次の爆発を仕掛けるところを押さえるって」

「次もあるのか」

「あるんだって。新さん、算木で計算してた。次の場所を割り出すとか言って」

「割り出せたんだろうか？」

「捕り方が踏み込んできて、算木を蹴散らしていっちゃった」

「ううむ」

「これを」

メメは袂から取り出した。手のひらにのる携行用のソロバンだった。

「新さんに会えたら、これを渡して。計算の続きができるから」

安兵衛の手に握らせると、駆けだして往来に紛れた。

四

浅草橋を南へ渡りながら、これからどうすればいいかと思案していると、

「賛宝先生。やはりこっちへ来ていらっしゃった」

男が寄ってきた。

版元の青田賀新だった。

「お宅へうかがいましたら……事情は奥様からうかがいました。ご心痛のこととお察しします」

「うむ。戯作などにかまけておれなくなった、申し訳ないが」

歩きつづけると賀新はついてきた。

「そんなことはお気になさらないでください。前から申し上げている通り、探索のお手伝いをさせていただきますよ。先生がうちの弟にお訊きになっていたことから、どういう方面に関心がおありなのか、あれから私なりに考えておりました」

「そうか。すまんな。その気持ちだけでもうれしいよ」

「気持ちだけではありません」

賀新はニヤリと笑った。

「聞いていただきたいことがございます。それでお宅へうかがった次第で」

「耳寄りな話か」

「はい。会津藩を脱藩した浪人がおりまして」

「なに、浪人？」

安兵衛は足を止め、道端の軒下に寄った。

「会津藩は天文について熱心に学問をする藩でして。天文方を置き、暦の研究も長年積み重ねているとか。これは弟の受け売りですが」

「その浪人は平治さんの知り合いか」

「つきあいがあるというほどではございませんが。弟が、京の陰陽師のもとで天文暦を学んでいたときに、その浪人が訪ねてきたといいます。会津藩を脱藩して、上方へ天文の勉強に来たのだとか。会津藩は天文学が盛んなだけに、藩内で学問上の対立もあるらしくて。そのお侍は藩の天文方にいたけれど、争いを起こして斬り合いにまで至り、藩を脱けたのです。弟は変に思いまして」

「変に？」

「もともと暦をめぐっては、幕府と朝廷が覇を競い合っていますが、会津藩は幕府方です。そこにいたお侍が、立場の異なる朝廷方の陰陽師に教えを受けるのは、変だと思ったのです」

「暦をめぐって覇を競う……そんなにややこしい世界なのか」

「暦を支配する者は天下を制すると申します。唐土では、王朝が替わると暦も改めるそうで。毎日の吉凶や方位の良し悪しや節気、米の取れ高にも関わってまいりますから」

「なるほど」

「先生は、二十年前に、暦に載っていない日蝕があったのを覚えていますか？」

「ああ。騒ぎになったな」

「あのとき、予測を外したことで、お上のご威光が……あ、いや、ですから、弟の話では、幕府の天文方と朝廷の土御門家のせめぎあいは激しいようで、このところは蘭学と陰陽道の戦いになっているのだとか……えっと、何の話でしたっけ」

「会津の浪人者が陰陽師の教えを受けに来た、と」

「そうでした、その浪人は陰陽師のもとへ、ひと月ほど通ってきました。その後は、大坂で学ぶのだと言って姿を見せなくなりました。噂では、大坂で、廻船問屋を相手に、天候や天文の指南をして食い扶持(ぶち)を稼いでいるそうでした。陰陽師に学んだのも、商売上の知識を得るためだったのだろうと、弟は申します」

「その浪人者が、江戸に来ているのか？」

「はい。弟が江戸に帰ってきて、いまのようになってから、とつぜん訪ねてきたそうです。大坂でしていた商売を江戸でしようと移ってきた、弟が廻船問屋の息子だと聞いていたので知り合いの問屋を紹介してもらえまいか、という話でした。弟は、家業が潰れ問屋仲間との関係が途絶したと言いました。それきりで音沙汰はありません」

「どうしていまのお宅の場所を知っていたのかな？」

「弟は京の陰陽師の師匠に便りを出していましたから。その浪人は江戸へ来る前にそこへ立ち寄ったのでしょう。弟を訪ねてきたとき、身なりも貧しくて。弟は、大坂で喰い詰めてきたのかと感じたそうです」

「その浪人が来たのは？」

「ふた月前のことで」

「名は？」

賀新は懐から紙片を出して広げた。

「遠野又十郎。橘町の裏店に仮住まいしている、と」

安兵衛と新次郎を江戸橋のたもとで襲った山岡頭巾の侍は、北へ逃走した。北の道浄橋を渡って右へずっと行けば、橘町だ。

「良いことを教えてもらった。賀新さん、ありがとう」

「これからどうなさいますか」

「橘町へようすを見にいってみよう」

「お奉行所に知らせて捕り方を連れていけば？」

「空振りだといかんのでな。先ずは、自分で」

「お伴します」

「いやいや、教えてくれただけで充分だ。危ない目に遭うかもしれんぞ」

「先生のほうが、どうも、ぎごちない歩き方をしていますから」

賀新は、

「橋町はこっちですね」

と先に立った。

五

汐見橋（しおみばし）から隣りの千鳥橋（ちどりばし）にかけての、浜町川の東側が橋町である。

汐見橋のたもとに、汐の湯という湯屋がある。亭主は十手を預かる岡っ引きだった。

安兵衛は、風呂焚き場で、亭主に五十文手渡した。小太りで赤ら顔の亭主は、安兵衛と賀新に頭を下げ、

「番台を通っていたら、こいつは頂き過ぎでございます。次はタダで入りに来てくだ

さい」

と言った。

「会津訛りのご浪人？　うちに来ますよ」

「確かに会津だな？」

「はい。何かの折りに、私がものをお尋ねしますと、そうだ、とは言わず、だから、と言ってうなずいていました。会津の方に違いありません。千鳥橋のほうの、二丁目の裏長屋に仮住まいしています。ふた月ほど前から居るそうで」

「名は？」

「とお、とお」

「遠野」

「でしたっけ」

背格好、容貌を細かく聞き、安兵衛と新次郎を襲った侍だと思えた。

亭主に教わった千鳥橋の通りに行ってみた。

煮売屋と刃物砥ぎ屋の間の路地を入り、井戸端を過ぎて、更に路地の奥、右手の長屋の並びに、遠野が暮らしているという一軒があった。

障子戸は閉まっていて、しんと静まっている。

井戸端では子供たちが馬飛びをして歓声をあげている。

「見てきましょうか」

賀新がささやいた。

「いや」

こちらに気づいて戸の内で待ち伏せているかもしれない。

路地の軒下でようすをうかがっていると、隣りの家の戸が開いて、老婆が大豆を入れた笊（ざる）を持って現れた。老婆は、戸の前に立ち、

「もし、いらっしゃいますか、遠野さん、遠野さん」

と呼んだが、応じる者はない。老婆は自分の家に戻ってしまった。

「のぞいてみるか」

安兵衛は障子戸に近づいた。

「ご免くだされ。遠野どののお住まいはこちらか」

内には物音ひとつない。

「遠野どのはご在宅か」

安兵衛は、左手で太刀の鯉口を切り、右手で障子戸をそっと開け、薄暗い土間に足を入れた。

左に、かまど。正面に、式台と、障子戸。

障子戸の向こうから、ひりひりと緊迫した気配が迫ってくる。

安兵衛は、右手を伸ばし、さっと障子戸を開けた。

「たあっ」

人影が飛び出してきた。薄暗い頭上で、刃が光る。

安兵衛は太刀を抜いて振りかかる刃を受け止めた。

腰にぎくりと痛みが走る。

「ううっ」

よろめいて、かまどの縁に尻が当たった。

相手は勢いあまって、土間に切っ先をガチッと打ちつけた。

「おのれ」

その切っ先で、すくいあげるように安兵衛の胴を狙った。

安兵衛は太刀で弾き返し、かまどに座ったまま、相手の喉を突こうと剣先を突き出した。

相手は式台に飛び退いた。瘦せた、凶相の侍だった。背格好と太刀さばきから、江戸橋のたもとで新次郎と安兵衛を襲った男だとわかる。

侍は太刀を右脇に低くかまえ、

「なぜ拙者を狙う？」

と安兵衛を睨んだ。

「それはこちらのせりふだ、遠野又十郎」

安兵衛は座ったまま正眼にかまえた。遠野は、じりっと前に出て、

「おぬしの恨みを買った覚えはない」

と言った。

「きんつばを踏み潰した」

「笑止」

じりっ、じりっと迫ってきた。

隣家の戸が開き、

「遠野さん、いらっしゃるんですかあ」

と老婆の声が響いた。

「斬り合いだあっ、皆、来てくれっ、斬り合いだぞう」

路地で賀新が大声をあげた。

何だ、どこだ、と声が応じる。

賀新が、

「たいへんだあ」

と騒ぎつづけ、長屋の人が集まってきた。老婆が、大豆を入れた笊を掲げ、

「遠野さん、これ、おすそ分け」

と呼ぶ。

遠野は、

「邪魔立ては許さんぞ」

と凄みをきかせ、奥の間へ姿を消した。

「逃げた」

安兵衛が叫ぶと、賀新が外からのぞきこんだ。

「先生、どこか斬られましたか？」

「大丈夫だ」

安兵衛は太刀をおさめた。

「立てますか？」

「それは、むずかしいかもしれん。刀で斬られてはおらんが、鍼治療の効き目が切れたようだ」

賀新はおそるおそる式台に上がり、奥の部屋を見に入った。

「前栽の木戸から逃げたようです」

賀新は式台に立つと、集まった人たちに言った。

「戸板を持ってきてくれ」

「戸板をどうするのだ？」

「先生をお運びします」

「馬鹿を言え。まだ生きておるわ。近所に鍼医者がいないか？　鍼医者を呼んできてくれ」

六

式台を上がった畳の間で、うつ伏せに寝て鍼医者の治療を受けた。

賀新は、奥の間を探った。部屋の隅に夜具をたたんで重ねてある。どこかで拾ってきたようなオンボロな文机と行燈。押し入れを開けると、柳行李と文箱が積んであった。賀新は蓋を開けて、ごそごそと中身を確かめている。

「安静にしておられたほうがよい」

鍼医者は背筋と腰に鍼を立てて言った。

「かたじけない。家に帰って、お医者様がそうおっしゃったと家の者に伝えます」

「それがよろしい」

「伝われば良いのじゃが」

賀新が安兵衛の目の前に紙片を広げて置いた。書き損じを破った反古紙だった。

「こんなものが」

手紙の一部らしい。

逢坂屋や播磨屋のようになりたくなければ金五百両、と書いてある。

「なるほどな。派手に爆発させておいて、裏で、別の商家から大金を脅し取る、という魂胆か」

「怯(おび)えて金を出す店が何軒かあれば、それで儲かりますね」

鍼医者が帰ると、賀新は更に何枚かの紙を畳に並べた。

「行李に入っていました。あとは丸めた反古紙で、これの下書きかと」

一枚は、把手(とって)の付いた枠に嵌まった目鏡を横から描いた図だった。

「虫メガネでしょうか」

「火取り玉というのだ。日光を集めて火を点ける道具だ」

水平な線の上に、お灸みたいな山があって、そこに火取り玉の把手を斜めに挿して立てている。

「何でしょう?」

火取り玉の斜め上に、小さな丸が描かれ、そこから火取り玉の目鏡の、両端と真ん中に、三本の線がそれぞれまっすぐに引かれ、三角形を成している。

「オホン、よいかな、これは、爆発の仕掛けの見取り図じゃ」

「へぇえ」

「この円が太陽。この線は、日光の進むようすを表しておる」

目鏡を挟んで、対称に、太陽の反対側にも、三本の線で、三角形が描かれている。

「そしてこっちの三角形の頂点が、日光を集めて火を発する点。ここに火縄を当てるのじゃ」

「なるほど。よくご存知で。さすがは先生」

「たいしたことではない」

「この、水平な線は?」

「火薬樽の蓋じゃな」

「では、蓋の上にある山のような物は？」

「ん？　こんなもっこりとしたものを描いておったたっけ？」

「え？　誰が？」

「え？　いや、ええっと、火取り玉の把手を挿して立ててあるものじゃからして」

「粘土のかたまりか何かでしょうか。それに火取り玉の把手を挿して、動かぬように支える」

「おお、そうじゃな」

目鏡と把手、粘土の山、山と発火点の間隔、それぞれの寸法が小さく記してある。

「この数は何ですか？」

と賀新は指さした。火薬樽の蓋を表す水平線と、把手の線を結ぶ角に、「四十・二七度」と記してある。

「はて？　何だろうな」

二枚目の紙にも、図が描かれていた。一枚目の図を、真上から描いたものらしい。

発火点を中心に、放射状に何本もまっすぐな線が引かれ、あちこちに数字や記号が書き込まれている。まっすぐな線は、いろいろな方位、方角を示しているのだろう。発火点と目鏡の中心と太陽とを結ぶ線が、新次郎が物干し竿で示していた、南北の線であるらしい。これも仕掛けの見取り図なのは明らかだった。紙の余白には、数値が幾つも記されている。

「数がたくさん書き込まれていますね?」

「ううん」

三枚目は、一枚目の図を、点と線だけで描きなおしたものらしい。線の本数が増え、書き込まれた数値も多い。よく見ると、一枚目とは数値が違っている。

四枚目もあった。二枚目と似たような、方位を示した図であるらしい。二枚目とは、書き込まれた数値が、異なっていた。安兵衛には、何のことやらさっぱりわからない。

「先生、これ」

余白に、「伊勢屋(いせや)」と記されている。安兵衛は顔色を変えた。

「次の爆発場所だ」

「伊勢屋ですか。しかし江戸には伊勢屋という店は何軒もありますが」

「他に手掛かりはないか」

賀新は押し入れの中を念入りに調べた。

「あ、こんなものが」

薬包紙を持ってきた。開くと、黒い粉が入っていた。二人で交互に臭いを嗅いだ。

「火薬だ」

「火薬ですね」

「他には？　爆発の仕掛け道具も、火薬樽も、見当たらんようだが」

「ここは別に作業場があるのではないでしょうか」

「うむ。遠野はそっちへ移ったかな」

「先生、どういたしますか」

「ううむ。これは急がねば」

起き上がり、紙片の束と薬包紙を懐に入れた。

七

夕暮れ時だった。

安兵衛は常盤橋の北町奉行所を訪れた。

表門から、式台を上がり、よたよたした足取りで次の間を抜けて、御用部屋をのぞいた。

十数人の同心が残って仕事をしている。その一角で、友野伊織が、五、六人の同僚と車座に座って、何やら打ち合わせをしている。吟味方与力の櫻井忠右衛門も加わっていた。

「ご免。ご無沙汰しております」

安兵衛が声を掛けて入っていくと、皆が驚いた顔を向け、室内は緊張した空気に包まれた。

「賛宝どの、勝手に入ってこられては困ります。すでにお役を退いておられるのに。

それにあなたはいま、罪人の家族」

　友野が険しい顔でそう言った。

「その件で、至急にお目に入れたいものがございまして。無作法を承知で、まかりこしました」

　安兵衛は、友野たちの前に座し、紙片と薬包紙を差し出した。

「ご覧ください」

　同心たちの手から手を移り、櫻井の手に渡った。

「これは？」

　と友野が訊いた。

「次の爆発の計画書、仕掛けの見取り図でござる。仕掛けに使う火薬の見本とともに見つけました」

「ほほう」

　友野は探るように安兵衛を見た。

「賛宝どの、なかなか殊勝(しゅしょう)な態度でござるな。新次郎どのの持ち物から見つけなさったのですな。我らも悩んでおりもうした。賛宝どののお宅を家探ししたものかどうかと。いや、助かります」

「いえいえ、違います」

「あ、皆までおっしゃらずとも、お察しします」

と別の同心が深くうなずいた。

「新次郎どのと親子の縁を切り、お調べに協力する。賛宝家が存続する道はそれしかありませんから。賛宝どのも断腸の思いでこれを持参なさったのでしょうな。肉を斬らせて骨を断つ、と申します。あ、譬え(たと)が間違っていますか、ほほ」

「そうではござらん。これらの品は、橘町に住む、会津藩を脱藩した浪人者の居宅で見つけました。その者は、一昨日の夕刻、拙者と新次郎を、面識もないのにとつぜん襲ってきたもので」

同心たちは無言で顔を見合わせた。

「会津……」

誰かがつぶやいた。

脱藩したといっても、将軍家の血筋である会津松平家の名前が出てくると、お白洲(しらす)での取り調べも忖度(そんたく)しなければならず、気を遣う。めんどくさいのである。

友野が言った。

「賛宝どのが、これらの品を、まことにその居宅から持ちきたったものか、先ず、そこから確かめなければなりません。その、脱藩浪人なる者について、お教えいただきましょう」

安兵衛は、遠野又十郎について話し、傍らで同心たちが書き留めた。設計図も、櫻井から借りて描き写した。

友野は、

「それでは、橘町の居宅には、仕掛けの道具や材料も、他の書類も、手掛かりとなる物は残っておらんのですな」

と首を傾(かし)げた。

「さよう。他に隠れ家があるとすれば、計画は引き続いているわけで、明日にでも、日が昇れば、伊勢屋が危ない」

「伊勢屋ねえ……どの伊勢屋だか。まあ、今日はもう暗いので、明朝、橘町の居宅とやらを探索し、浪人とやらの行方を追うことにしましょう」

友野が急がないのは、下手人である新次郎と仲間たちを捕まえたので、爆発の危険はないと考えているからだ。

ひょっとすると、新次郎はすでに、たわいもなく、やってもいない罪を白状したのかもしれない。安兵衛は顔をこわばらせた。

「捕縛された者たちはどうなっていますか?」

「小伝馬町の牢屋敷に。まだ詮議(せんぎ)を始めていないので、牢に押し込めたままでござる」

友野はそう言い、厳粛な顔になった。

「賛宝どの。勘太郎どの共々、ご自宅で、われらの探索の結果をお待ちくだされ。あなたは隠居の身なのですから、昔の血が騒いだとしても、市中をうろうろせず、自重なされるがよろしい」

八

玄関で草履を履いていると、

「ご苦労でした」

後ろから声が掛かった。

吟味方与力の櫻井忠右衛門だった。

安兵衛は立って一礼した。

「櫻井様、なにとぞよろしく御取り計らいくだされ」

半白の櫻井は、穏やかに笑った。目尻の皺が深い。

「橘町の居宅をつきとめるとは。腕は衰えていませんな」

櫻井も草履を履いた。

「櫻井様はご帰宅なされますか」

「これから小伝馬町に行こうと思って」

「牢獄へ?」

櫻井は、ちらと御用部屋のほうを振り返り、

「賛宝どのの言う通りなら、明朝からの探索では遅きに失すると思いましてな。それで、捕縛した面々に、少し確かめておきたくてね」

懐から、紙片の束をのぞかせてみせた。安兵衛が持ち込んだ見取り図だった。

「これから新次郎をお取り調べになるのですか」

「そんなに大そうなことはしませんが。賛宝どのもご同道なされませんか」

「え? 罪人の家族が? 家で自重しなくてもよろしいので?」

「かまいませんよ。何なら、ご自分でご子息を問い詰めて白状させますかな。ははは」

並んで表門を出た。

櫻井のやり方は友野の意に反している、と思った。

同心たちを束ねて探索し、下手人を捕らえ、お奉行様がお白洲でお裁きになる準備をととのえる。その責を負うのが、与力である。与力の櫻井は、友野の探索の進め方

を黙って見ているが、納得していないようだった。

「賛宝どのもご隠居になられて、悠々自適でござろう。うらやましい」

宵の通りを歩きながらのんびりした口調で言った。

「いえ、なかなか楽隠居とは申せません。ひまを持て余しておりまして、かえって苛立つこともあります。若いときから何か趣味を見つけておけばよかったと後悔しています」

「同心の仕事は多忙ですから。趣味を見つける余裕はなかったでしょう。私もそろそろ引退したいのだが、息子がまだ若くて。しかしいまのうちに何か趣味を見つけておくほうがいいかもしれん」

「御意（ぎょい）。櫻井様は、何かお好きなことは、なさっておられますか」

「実は、絵を、少々」

「ほう、浮世絵ですか？」

「文人画でござるよ」

「ほほう」

「この頃は、草や花を描いてみたくなってきました。精密画のほうで。隠居したら、野山を歩いて、植物図鑑をものしたいと考えておりますでな」

「それはけっこうなご趣味で」

「仕事柄、人の顔ばかり見ているせいか、次第に、植物に心がひかれるようだ」

「因果なお勤めでござる」

「ははは」

小伝馬町の牢屋敷は、堀と練塀で厳重に囲われている。表門を入ると、同心たちの長屋や牢屋奉行の屋敷など役人の居住する一画がある。牢獄はその奥にあった。

鍵役の同心と下男の案内で、獄舎に入った。

三寸角の格子が嵌まった牢が並んでいる。薄暗い牢内に人の影がうずくまり、ひしめいている。糞尿、汗、垢の臭いが籠もって、じめじめ、ひんやりとした空気がよどんでいた。

雑居房ではあるが、武士、平民、無宿人などの身分によって、入る牢が異なる。

新次郎たちは、揚がり屋と呼ばれる十五畳の畳敷きの牢に押し込められていた。

新次郎の他に、杉田玄白、麻田剛立、浅草天文台の観測係が三名。六人が、車座になって、ひそひそと話している。

「……よろしいか、黄道がこう、白道がこう……この速さでお互いが進んでいくと、ここで重なり合う、すなわち日蝕が起きるはずだが、実際は……」

麻田が中心になって、天文暦の勉強会をしているのだった。

同心と櫻井が格子の前に近づいた。

「賛宝新次郎、出ませい」

同心が鍵を開けた。

九

新次郎は、よたよたと格子の外へ出た。中庭の暗がりに浮かぶ拷問蔵を不安そうに見やった。蒼ざめた丸顔に髭が伸び放題で、安兵衛は、大熊猫、という言葉を思い出した。

「ここでよい。灯りを」

櫻井が言い、下男が龕灯で新次郎を照らし出した。

「これを見つけたぞ」

櫻井は見取り図をつきつけた。新次郎はそれを広げ、じっと見入った。

「おぬしが描いたものであろう」

と櫻井は新次郎のようすを観察する。

新次郎は、何やら学術上の興味をもって熱心に図を見つめている。

「ああ、なるほどなるほど、そうかそうか、ううん」

「おぬしが描いたものに相違ないな」

「え？　何ですか？　これを私が？　いえいえ、違います」

むっとしたふうに首を横に振った。

「このような精度に欠ける装置は、私なら作りません。まあ、これでも発火できんことはないでしょうが」

「試作、というか、下書きではないのか」

「確かに。下書き程度の出来ではありますね」

「完成品は？　まだ捕まっておらぬおぬしの仲間が、持っておるのか？」

「いやあ、だってこれは、不発だったわけでしょう？」

「不発かどうかはまだわからんぞ」

「え？　といいますと？」

「これは、逢坂屋、播磨屋に続く、次の爆発の計画書ではないか」

「違いますよ、この仰角、十日前の角度ですよ」

火薬樽の蓋を表す水平な線と把手の線を結んでできた角度に「四十・二七度」と記してあるのを指さした。

「もう日が過ぎていますから」

「何がだ？」

「南中時の高度が。いまは更に低い」

「何のことだ？」

新次郎は、

「麻田先生、そうですよねえ?」

と格子越しに紙を麻田に渡した。麻田は顔を寄せて、

「ふむ。もう終わっておる。あるいは、冬至の先の日を示しているか」

と言った。観測係たちものぞきこんで、

「あ、ほんとだ。もう遅いね」

とうなずいた。

櫻井は言った。

「では、伊勢屋を襲う計画は、逢坂屋爆破よりも前に失敗に終わったということか。ふうむ。だが、この紙を見つけた場所には、他の店を狙った計画書はなかったというぞ。済んだものの書類はきれいに処分したわけだ。それなのに、たとえ失敗だったとしても過去のものをこの紙片だけ残しておくのは、不自然であろう。これはやはり、伊勢屋を狙った次の計画を記したものに違いなかろう」

「でも、明日以降、この図の通りに仕掛けを置いても、日光は発火点に焦点を結びませんよ」

新次郎は不満そうに言い、二枚目、三枚目、四枚目、の図と数値を、じっくりと見ていった。

「あ、そうか」

と手を打った。

「これ、お奉行所が、下手人に、挑まれていますよ」

「われらが挑まれている？　おだやかではないな。どういうことだ？」

「つまり、逢坂屋も播磨屋も、正確に爆破されたのですから、下手人は天文の計算をきちんとできる能力があるのです。それなのに、この、一枚目には、間違った角度を書いて、残していった。わざと間違った数を書いたことになります。本当は、正しい解を知っているぞ、と」

「お上をあおっているのか」

「はい。次に狙うのは伊勢屋だ。では、本当は伊勢屋をいつ爆破するのか？　正しい解を計算してみよ。下手人は、そう挑んできたのです」

新次郎は、二枚目の紙を見なおした。発火点を中心にして、方位を示す線と記号、数値を書きこんだ図だった。

「これが手掛かりというわけだ。いや、これもこちらを間違いに導く偽の解か？」

残りの紙を見直した。

「とにかく、このすべてが、正しい解を導くための手掛かりというわけか。挑んできやがったなあ。あ、伊勢屋って？　江戸に伊勢屋はたくさんありますよね。何軒あるんだろう？」

格子の内で、観測係が、

「十軒、二十軒、ちょっとわからんなあ」

と答えた。

「ああなるほど、それも遺題（問題）のひとつか。たくさんある伊勢屋の中のどの伊勢屋に仕掛けるのか。正しい地点を計算して求めよ」

目が輝いている。

「日時と場所の二題。どうですか？　お奉行所で解けますか？」

櫻井は気分を害したように、

「すべての伊勢屋に連日、見張りをつければよい」

と言った。

「そんなことは下手人も予想しています。裏をかかれますよ」

新次郎は紙を格子越しに麻田に渡した。麻田は、図と数値を順に見て、

「船乗りの算術も使っているぞ。北極出地、里差……月距法まで。惑わせてやろうというのだな……ふうむ」

と考え込んだ。

格子の内から、杉田玄白が、

「櫻井どの」

と呼んだ。

「これは、玄白先生」

「お久し振りでござる。いや、この際、われらをここから出して、正しい解の計算に努めさせていただけませんか。ここの当番所や詰め所でもかまいません。もしどこかの伊勢屋が爆破されたら、けっきょくはお奉行所が間違えてわれらを捕まえたことに

なってしまいますぞ」

「それはできません」

櫻井は厳然と首を振った。

「あなたがたは、うちの同心が探索の末に捕らえた方々だ。明日、残りの探索の結果を待って、あなたがたの吟味を始める。それまでここから出すことはありません。新次郎どの、牢内にお戻りなされ」

同心が施錠（せじょう）すると、櫻井は、

「ひと目お会いなさるがよろしい」

と離れて見ていた安兵衛をうながした。

安兵衛は格子に近づいた。

「父上」

「解を導き出せ」

低い声で言い、新次郎の袂に、小さな物をそっと落とした。メメから預かった携行用のソロバンだった。

櫻井は鍵役の同心に言った。

「今夜は牢内が少々騒がしいかもしれん。放っておくがいい。何かが要ると言えば、与えてもよろしい」

新次郎のいきいきとした声が響いている。

「計算に取りかかりましょう。たったひとつの解にたどりつくまで。先ず、北極出地の度数と里差。伊勢屋は江戸府内にかたまっているから、一町ごとの細かい数値差を求めなければ。計算式を立てるところからですね。そして、値をひとつずつ出して、この紙の偽の数値を除いていく。それと、南中時の計算を……」

牢屋敷の表門を出てから、安兵衛はたずねた。

「櫻井様がお持ちだった、見取り図のあの四枚の紙は？」

「おや、そういえば、どこぞに忘れてきたような。まあ良い、明日で」

「御意」

「しかし、もしどこかの伊勢屋が爆破されれば。下手人は新次郎どのの仲間で、いまだ逃げている火の玉盗賊、という断が下るであろう。そうなると、もはや言い逃れはできまい」

「御意」

櫻井と別れて、安兵衛は自宅への道を歩きだした。

「そうだった。下手人を捕まえるまでお戻りにならぬように、と言われておったのじゃ。しかしここまで働いたのだから……」

ぼそぼそと独り言を言っていると、

「おじさん」

夜道に、十歳くらいの男の子が立って手招いている。

「どうした？　どこの子だ？　早く家へ帰らぬと、木戸が閉まるぞ」

男の子は手招きして暗いほうへ歩いていく。ついていくと、人けのない川端に、駕籠がぽつんと置かれている。引き戸の付いた高級な女駕籠だった。

「何じゃな？」

男の子は引き戸を開けると暗がりへ駆けていった。

駕籠の中には、振袖を着た、総髪の若者がいる。白粉と口紅で化粧した顔が闇に浮かんだ。

「平賀詮無……」

「新さんのおじさん、こんばんは」

切れ長の目が星を映してきらきら光っているように見えた。

「何用だな？」

「そぞろ歩きの途中よ。お月様が、もうじき満月になりそうでしょ。いつも、そわそわしちゃうの。とりとめもなく、もの思いにふけったりなんかして。それでね、新さんとの思い出が浮かんできたの」

「どのような？」

「あたし、子供の頃、いじめられてたのよね。おんなおとこ、とか、からかわれて。でも新さんは、そうじゃなかった。千代之丞はそれでいいよ、千代之丞は千代之丞のままで、って言ってくれた。あたし、新さんに助けてもらったんだな。そんなことを思い出したら、他のことも思い出しちゃって」

詮無の白い手が招く。安兵衛はそばに寄った。甘い香りが鼻をくすぐった。

「望遠鏡に使う特別な目鏡。種類の違う火薬。近頃、闇で売買があったわ。それでね、売った先が……」

詮無は、安兵衛の耳元でささやいた。

「ありがたい。何と礼を申してよいやら」

「だからといって、これから先、あたしに近づかないでね。あたし、気まぐれだから。これも、気まぐれ」

男の子が駆け戻ってきて引き戸を閉めた。

安兵衛は、自分が使っていた岡っ引きの彦八の家へ立ち寄ってから、菊乃が寝入った時分に、自宅へ帰った。

第四章

一

子供の頃の新次郎が夜空を見上げて立っている。

八歳の新次郎だ。

夜空には、満月がある。赤く、不気味に膨らんだ、大きな月だ。

新次郎は、魂がひきこまれたかのように、ぼうぜんと、いっしんに、月を見つめている。

「何をそんなに見ているのだ」

と声を掛けると、月を見上げたまま、

「月に兎がいるというのは本当ですか」

と訊き返してくる。

「昔からそういうがの」

「では月には草と水もあるのですか」

「どうだろうな」

「鳥や虫や狼は？」

「さて。誰も行った者がないからなあ」

「行けないのですか」

「行けない。だからわからない」

「月にいる兎から見れば、私のいるここは、どのように見えるのでしょうか。わかりませんか……」

新次郎は月を見上げつづける。

「この世にはわからないこともあるのじゃよ」

「そうでしょうか」

新次郎は足元に目を落とし、地上のくらがりを見わたした。

「この世界は、どのようになっているのでしょう」

安兵衛はそこで目を覚ました。

夜明け前のしずけさと肌寒さが夜具を包んでいる。

夢ではなく、昔の記憶がよみがえっていたのだった。

「あの頃からか……」

暗闇に独りごちた。


朝餉は、しめやかな雰囲気だった。

勘太郎はうつむいて黙々と箸を動かしている。

佐江はぼんやりと口を動かしている。

安兵衛は、体が固まったように背筋をぴんと伸ばし、腕だけを動かしている。

「ああ、あなたが下手人の浪人を逃しさえしなければ」

と菊乃は溜め息と言葉を混ぜて吐き出した。

「新次郎が濡れ衣をきせられたまま戻ってこられなかったら、わたしは草の根を分けてその浪人を探し出し、新次郎の仇を討ってやります」

「まだ与力のご詮議が始まったわけではない」

「賛宝家はお家断絶でしょうか」

「どうかな。有罪となれば、同心の職はお取り上げ、一家は江戸を追放、といったところか」

「わたしたちは浪々流転の身となるのですか」

「うむ。わしと勘太郎は、新次郎の監督不行き届きで、自ら切腹してお詫びすることになるかな」

菊乃は、ひぃ、と息を吐き、

「そうなればわたしと佐江は尼となってあなたの菩提をとむらいます。濱さんは、そんな目を見る前に、お里へお帰りなさい。あなたはまだ若いのですから、よそへ嫁いでやり直せますわ。閉門を申しつけられる前に、早く」

と声を震わせた。

濱は、もぐもぐと飯をよく噛んでいたが、

「大丈夫ですわ、お義母さま。そのようなことにはなりませんから」

と言った。

「どうしてそんなに気楽に考えられるの？　こんなふうに皆で朝餉を頂けるのも、今日で終わりかもしれないのに」

「頭の中で起きていることのほとんどは、本当には起こりませんわ」

「まあ。いいわね濱さんは心が強くて。うらやましい」

安兵衛は、明るい障子窓を見上げ、

「今日もよく晴れておるな」

とつぶやいた。

玄関先で、男の声がしている。通いの飯炊き女が相手をしているらしい。やがて、

「旦那様、お使いの方が来ておりますが」

と廊下から呼ばれた。

「どこのお使いだ？」

「お奉行所の櫻井様からのお使者だそうで」

安兵衛は慌てて立ち上がった。

「痛たたっ」

ぎくしゃくした足取りで玄関に出た。

奉行所の中間が頭を下げた。

「おはようございます。櫻井様の文をお持ちしました」

開けてみると、走り書きだった。

小伝馬町に至急おいでくだされたし。

中間に駄賃を握らせ、

「すぐ参りますと伝えておくれ」

と走らせた。

安兵衛は、居間で、菊乃に、晒をきつく巻かせた。袴をつけ、大小を差し、玄関で草履を履いた。

「行ってまいる」

菊乃と佐江に見送られて玄関戸に手を掛けると、外から、がらっと開ける者がいた。

「あ、お、おはようございます」

桐谷雄之助が立っていた。

「おお、雄之助どの、昨日はありがとうございました」

「いえ、こちらこそ、ご馳走になりました。朝早くからお邪魔しまして」

「ご登城の途中ですか」

「はい。玄関先で失礼いたします」

「どうなされましたか？」

雄之助は、四角い顔をこわばらせて、何かを言い出しかねている。

式台で、菊乃が、

「新次郎の件を、お聞きになったのですね」

と言った。

「はい、それで……」

「ああ、申し訳ございません。それで、佐江との縁談を断りに来られたのですね。それはそうですわね、事が事だけに、早いほうがよろしいですわ。良縁だと喜んでいたのですけれど、こうなると、ご迷惑をお掛けするばかりで。桐谷様のお名前までが世間の噂に出ましたら、お詫びのしようもございませんものね。雄之助様も、よい奥様をおもらいになって、どうかお幸せになってくださいまし」

「いえ、そうではなくて」

雄之助は唇を舐め、顔を上げた。

「突然の奇禍に遭われたことに、お見舞いを申し上げにうかがったのです」

「まあ、ご丁寧に。こんな罪の家に、わざわざ、人目を気になさらずに」

「いえ、まだ何のお裁きも出ていませんから」

息をつぎ、

「私の父は、たとえ家と家との縁談でも、当人同士が顔を合わせて、お互いの人柄を知ったうえで、決めるべきだと申します。私も、そう思っております。ですから、これからどんなお裁きが出るかはわかりませんが、できる限り、これまでと変わらずに、佐江さんのお人柄を知りたい、と考えております。それをお伝えしたくて」

菊乃の後ろから見ている佐江と目が合い、顔をあからめて、一礼した。

「では、失礼しました」

くるりと背を向けて、立ち去った。

菊乃は、

「なあに？」

きょとんとしている。

安兵衛は佐江を見た。

佐江もくるりと背を向けて、廊下の奥へ消えた。

二

小伝馬町の牢獄は騒がしかった。

手拍子と、おおぜいで、がなりたてるように唄う声が響いていた。

牢屋が並ぶ中の、端の牢で、二間牢と呼ばれている、凶悪な無宿者を入れている牢からだった。

「これは？　どうなっておるので？」

鍵役の同心は、困り果てた顔で、

「無宿どもが騒いでおりまして」

「なぜ鎮（しず）めないのです？」

「それが……」

同心は、新次郎たちが入っている揚がり屋という牢を指さした。

新次郎が、三寸角の格子に向かって立ち、手を動かしている。

三寸四方の小窓ごとに、箸の束と飯椀を並べて、それらを目まぐるしい勢いで動かしているのだった。

「何をやっておるのです？」

「昨夜、櫻井様が帰られた後で、江戸府内の詳しい地図が要る、それと、箸と飯椀をできるだけ多く貸してほしいと願い出てきまして。箸と椀を算木の縦棒横棒の代わりにして、格子の枠は算盤の枠の代わりで。何やら計算をしているようすで」

畳の上では、麻田剛立と観測係の一人が額を寄せて座っている。麻田は筆で紙に何かを図示し、観測係はメメから渡った小さなソロバンを弾いている。

麻田、観測係と、新次郎との間には、別の観測係が立ち、それぞれの計算の過程を伝達している。

あと一人の観測係と杉田玄白は、そのそばで、筆を走らせ、紙にどんどん記録していく。

「ひと晩、ああやっています。二間牢の無宿どもが、うるさくて眠れない、と文句をつけてきました。櫻井様からは、揚がり屋のことは放っておくようにと言われておりましたので、かまわなかったのですが、夜明け頃から、二間牢で」

怒った無宿者たちが、それなら俺たちも、と反抗し騒ぎだしたのだ。

無宿者を鎮めるのなら新次郎たちにも計算を止めさせなければならない。

計算を続けさせるためには無宿者たちが騒ぐのを放っておかなければいけない。

「まだ解は出ないのかな」

「拙者らには何がどうなっているのかまるでわかりません」

「櫻井様は？」

「一度見に来られてすぐに出ていかれました。無宿どもを好きにさせないためにももう騒ぎを鎮めなければなりません」

新次郎は、顔を上気させ、汗にまみれ、目を血走らせ、一心不乱に箸を動かしている。

安兵衛は言った。

「あと少し時間を頂きたい」

「しかし。無宿どもがこれ以上暴れだす前に」

安兵衛は、唄って騒いでいる二間牢の前に進んだ。

五十人ほどの、牢に詰め込まれた無宿者たちが、手を打ち、声をそろえて、怒鳴るように、

ここをどこじゃと　もし人問わば
ここはお江戸の小伝馬牢よ

人に情けをかけたゆえ
籠の鳥とは　やるせなや
あ　ほおいのほい　あ　ほおいのほい

と唄っている。

安兵衛は笑った。

「お、賛宝の旦那じゃござんせんか」

無宿者が何人か声を掛けてきた。

「なんだおまえたち、また入っておるのか」

「へへ、お世話になっておりやす」

「朝から小唄の合唱とは。威勢がいいな」

「ふん、もっと唄いますぜ。お聴きになっていってくだせえ」

「おまえたちのへたくそな唄が聴けるか」

「なんだって」

「それより俺がひと節聴かせてやる。聴いてろ」

安兵衛は唄った。

たれも浮き世は仮の宿
さのみ人目をつつむまじ
君と　しゃらり　今宵も　しゃらり

しいんとなって聴き入った。

「旦那、上手いじゃねえですか」

「どうだ、おまえたちも、大声でがなりたてるばかりではなくて、誰か、俺を負かせるやつはおらんのか」

「はい、はいっ」

手を挙げて、髭だらけのいかつい大男が唄った。

文をやれども　返事は来ずに
君をば人に思わせて
かほどにつらき物思い
思いきられぬ　憂さ辛さ

「岩熊(いわくま)ではないか。みてくれと違って、美声の持ち主なのだなあ」

「へへへっ」

はい、はい、と手を挙げて、続けて二人が順に唄った。

皆、目を閉じて、しんみりと聴いている。

「旦那ももうひと節、聴かせてくだせえよ」

「いいとも」

　とても立つ名にひとおどり
　寝ずとも明日は
　花のおどりを　花のおどりを

唄の途中で、番所側の大戸が、がらがらと開いて、捕り方の格好をした町同心たちが、どっとなだれ込んできた。

無宿者たちが口々に騒ぎだした。

「静まれ、ええい、静まれい」

先頭に立っているのは、友野だった。

「無宿ども、静かにせんか。騒いでいるやつは、ひきずり出して首を刎ねるぞ」

一喝して、二間牢を黙らせた。

「賛宝どの、ここで何をしておるのですか」

「いや、余興で、のど自慢などを」

「牢屋敷でござるぞ。おひかえなされ」

「友野どのこそ、捕り方をひきつれて牢獄へ来るとは。いまさら牢内の誰を召し取るおつもりか？」

「確かめに来たのじゃ」

友野は、揚がり屋の前に進んだ。

「賛宝新次郎、われらが解いたぞ」

新次郎は計算を終えて立っていた。

友野は胸を張った。

「本日、南中時。日本橋数寄屋町の、両替商伊勢屋。下手人が狙うのは、ここだ」

「違いますよ」

「ふん、図星であろう。われらの注意を他に逸らすために、偽の解を示そうというのだな」

「いえ、間違えていますと言っておるだけです」

「やはりな。おぬしが認めないことを確かめに来たのだ。これから数寄屋町に向かい、おぬしらの仲間を捕縛する。火の玉盗賊の残党をここへ、しょっぴいて来るぞ。待っておれ」

友野は、捕り方を指図して、駆けだしていった。

町同心たちがいなくなった戸口に、与力の櫻井がぽつんと立っていた。

「やあ、賛宝どの」

「櫻井様、一緒に行かなくてもよろしいので？」

「ここで待っているよ。誰ぞが下手人を捕まえてくるのを」

新次郎と観測係たちが、箸や飯椀、筆記具を片付けている。

「父上」

安兵衛は揚がり屋に近づいた。

「これを、お返しください。きっとメメが機転をきかせてくれたのですね」

安兵衛は携行用のソロバンを受け取った。

「解けたか」

新次郎はうなずいた。安兵衛は櫻井を見た。櫻井は襟元をぽりぽりと掻いた。

「櫻井様、この者を白状させてもよろしいか」

「うむ。あそこを使うがいい。白状するまで、出してはならん」

櫻井は顎で拷問蔵を示した。鍵役の同心が牢を開け、新次郎を引っ張り出し、中庭を横切って、拷問蔵の前まで連れていった。安兵衛が近寄った。

「あとは拙者がやる」

「いや、しかし」

と驚く同心に、櫻井は、

「その者に任せるがよい」

と命じた。

安兵衛は新次郎を拷問蔵に押し込んで、戸を閉め、内から錠を下ろした。

薄暗い中に、石板や縄、先の割れた竹の棒、鎖などが不気味に並んでいる。

「父上、まさか私を」

「まさかおまえを、だ」

安兵衛は、土間の奥の木戸を開けた。

「さあ、ついてこい。いや、違った。ついていく。早く出るのじゃ」

「どこへ？」

「おまえの解が示す場所に決まっておる」

「下手人を捕らえに？」

「おまえも下手人の顔が見たいであろう」

新次郎の顔が、ぎゅっと引き締まった。

「きんつばを弁償させましょう」

三

伊勢屋、の看板が、秋の陽射しを浴びている。

中庭の奥に、なまこ壁の蔵がある。

蔵の脇の、人けのない陽だまりに、筒が置かれている。膝の高さの、ひと抱えもある円筒で、中には木の樽が入っている。樽の蓋の上に、一枚の板が置かれ、その上には、見取り図に描かれていたとおりの発火の仕掛けがのっていた。

しゃがみこんで、方位磁針と、水を盛った茶碗を使い、仕掛けの位置を微妙に調整している。

位置を定め、ふう、と息をついて、太陽を見上げた。

「なかなか手慣れたものだな、三度目ともなると」

背後から声が掛かった。

はっとして振り返ると、蔵の陰から安兵衛が歩み出た。

新次郎と、岡っ引きの彦八をつれている。

「浅草御米蔵蔵前、廻船問屋伊勢屋庄左衛門宅」

安兵衛はいま居る場所を声に出して告げた。

「正しい解だったな。ここにおる、せがれが導き出したのじゃ。いや、師匠や天文方の人が一緒でなかったら、無理だったろうがな」

安兵衛は横へ歩いて、裏木戸への退路をふさいだ。

「特殊な目鏡やら火薬やら。仕掛けの材料を揃えるには、天文の知識だけでなく、広い人脈が要る。うちのせがれは人づきあいを大事にしておらんのでな、そんなもの持っておらんのだ」

彦八を手で示した。

「なぜこんな爆破を続けるのか？　裏の事情を調べさせた。両替商の逢坂屋と播磨屋は、グルになって、あくどい商売をしているという噂だが、実際に、どんな悪事を働いてきたのか？」

彦八はうなずき、安兵衛が続けた。

「幾つか、わかった中に、去年、逢坂屋と播磨屋が、この伊勢屋と組んで、ある廻船問屋に空手形をつかませて、破産に追い込んだ件があった。その廻船問屋は首をくくったそうだ。気の毒に。あなたの父上だね？」

新次郎は首を傾げている。

「この人、誰ですか？」

「書肆萬屋の手代、青田賀新さんじゃ」

仕掛けのそばで立ち上がり、青田賀新は、方位磁針を握りしめ、キッと安兵衛を見つめた。安兵衛は言った。

「本を出そうなどと言って俺に近づいてきたのは、探索のようすを探ったり、利用したりするためだったのであろう？　俺や会津の浪人を、奉行所の目をくらますために、傀儡（くぐつ）みたいに使っておったのじゃな。ある人が、目鏡と火薬の闇の売買を教えてくれた。売った先は、青物町の書肆、萬屋だった。この事件は、弟の月兎さんが仕掛けの設計や天文の計算をして、賀新さんが実行しておった。世の中を巻き込んでの派手な仇討ちだ。こんなかたちで、名を上げようと考えていたのか」

賀新は、ふん、と鼻で笑った。追い詰められて進退窮まったヤケの笑いに見えた。

「賛宝先生には、というか、息子の新次郎様には、ギリギリで追いつかれるかもしれないとは考えておりましたよ。その勝負も楽しませていただきましたがね」

「賀新さんがすべてを仕切っていたと思えば、いろんなことが腑に落ちる。さあ、観念しなさい」

「ふふ、追いつかれるかもしれないと考えたら、それに処する用意をしておくものでございますよ。最後にこの伊勢屋だけは、誰にも邪魔されず、木っ端みじんに吹き飛ばしとうございますからね」

「用意じゃと？」

背後で足音がした。新次郎が裏木戸を振り返り、

「やっ、きさまは」

と叫んだ。

脱藩浪人の遠野又十郎だった。遠野が、安兵衛たちの退路を絶つかたちになった。

新次郎は刀の柄に手を掛けた。安兵衛は、蔵に背を寄せ、自分たちを挟む賀新と遠野

に目を配った。

「遠野よ、初めからそういうことだったか。江戸橋のたもとで襲ってきたのは、賀新さんに言われたからじゃな」

「自分の判断だ。元同心が天文方のせがれを連れて調べているというから尾けてみれば、大坂の麻田先生のところで見かけた若いやつだ。生かしておいてはまずいと考えたのだ」

「橘町の長屋では、俺を待ち伏せて斬るつもりだったか」

「ふん、隣りの婆さんに邪魔をされたわ」

「仇討ち兄弟の助太刀のつもりか」

「助太刀だと？　金だよ。逢坂屋では三百両をつかみ取りできた。裏で他の大店を脅して用心棒代を取り立ててもよいというのでな。利害の一致じゃ」

「大坂では火の玉盗賊と呼ばれておったのか」

「それは、青田平治に訊くがよい。江戸に戻って親の仇を討つために、軍資金を集めたそうじゃ」

「青田平治っ」

　新次郎が叫んだ。

「京の、陰陽師のところにいた、あの秀才かあ。ああっ、そうか、見取り図に示した遺題は、奉行所ではなくて、私に挑んできていたんだ。わあっ、あいつだったのかあ。いい遺題を作るなあ。会いたいなあ」

「うるさいな」

　と遠野は顔をしかめた。

「まあ、ここを生きて出て平治に会う機会はなかろうがな」

　遠野の目に凄まじい光が浮かぶ。鯉口を切った。新次郎が太刀を抜いた。

「遠野とやら、大事なものを踏み潰してくれたな。何のことかわかるかっ」

「わかるが、しゃらくさいわ。しつこい父子だ」

　彦八が、安兵衛の脇に寄り、

「旦那、あっしが暴れてる間に逃げてください」

　とささやいた。

「走ったりしたら腰が砕けてひっくり返るよ。しくじったな。われらの死体はここで木っ端みじんか」

「嫌でござんすよ」

遠野が上段にかまえて斬り込んできた。

新次郎はひと足踏み出し、太刀を弾き返した。

彦八が鉤縄（かぎなわ）の鉤を投げた。鉤縄は賀新の右腕を捕らえ、彦八は、

「御用だ」

と縄を引いた。

遠野は、下段に、かまえなおし、新次郎との間を詰めてきた。

新次郎は、正眼にかまえて、じりっと足を退いた。へっぴり腰である。

「父上、お逃げください」

「何を言うか。おまえの剣では」

安兵衛は太刀を抜き、駆け寄ろうとした。

「あ、痛たたっ」

全身が固まってしまった。

遠野は、怪訝そうに安兵衛をうかがったが、にたりと笑い、更に一歩出た。

「覚悟しろ、きんつば父子、でええいっ」

飛び込んできた遠野が、後ろに引き戻されて転がった。

後方から、大きな網が投げかけられ、遠野をすっぽりと包み込んで、後ろへ引いたのだった。

「この野郎」

「思い知れ」

与太者のような男たちが棒を手に網を取り囲み、ひっくり返った遠野を容赦なく叩いた。遠野が抵抗しなくなると足で蹴ったり踏みつけたりした。新次郎が叫んだ。

「踏み潰してはならん、お縄にするんだ」

棒や長脇差を持った男たちが蔵の周りにあふれ出た。

男たちを分けて、賀新の前に立ったのは、安兵衛も見たことのある両替商の主人たちだった。

逢坂屋藤吉、播磨屋建造。その隣りで、伊勢屋と染め抜いた羽織を着ている四十年配の男は、この廻船問屋の主人、伊勢屋庄左衛門だろう。

「萬屋の手代が、青田屋のせがれだったとは」

と逢坂屋が憎々しげに言った。

「大店の評判記を出したいからと言って、店の中をうろついていたのは、こういう魂胆だったのか。賀新などと名を偽りおって」

と播磨屋が睨みつけた。自分の店が燃えているとき、下手人を捕まえてやると野次馬に怒鳴り散らしていた男だ。

「おまえらも、遺題を解いてここへ来たのか」

賀新は驚いていた。播磨屋が怒鳴りつけた。

「馬鹿野郎。あっちこっちの大店を脅して金を巻きあげていたこいつを、ずっと尾けさせていたんだ」

網の中でぐったりとなった遠野を指さし、

「遺題だとか、ガキの遊びにつきあってるヒマはない」

歯をむき出してあざ笑った。

安兵衛は、静かに太刀をしまい、首だけ播磨屋に向けた。

「助かった。われらは御用の筋で働いている者だ。彦八、縄を掛けろ」

「お待ちください」

播磨屋はふてぶてしい顔で言った。

「この下手人は、手前どもに始末させてくださいまし。手前どもの身代の破滅を狙った、許しがたいやつでございます」

「それはならん。お白洲で、ご政道のもと、正々堂々と裁かねば」

三人の商人は、ちらちらと目を見合わせた。大店の主人とは思えない凄愴な気が走った。播磨屋は言った。

「お目をつぶっていただけるなら、相応のお礼を差し上げる、というのはいかがでしょうか」

「なぜ賀新さんがこんなことをしたのか。お白洲で、いろいろと明るみに出るのは、何としても避けたいようだな」

た。

取り巻く男たちが、目に凄い色を宿して、棒や長脇差を握りしめる。播磨屋は言った。

「彦八、縛って引っ立てろ」

「いかがでしょう?」

「そこの浪人者が、御用の筋の方々をあやめたので、私どもが網で搦め捕って叩き殺した。そんな話で済ませてもよろしいんですか」

「かまわんよ。さあ、彦八」

彦八が、

「あっ」

と、つんのめった。

賀新が小刀で鉤縄を切り、火薬樽のそばに寄った。

「伊勢屋さん、いちばん許せないのは、あんただ。父とあんなに親しくしていながら、よくも。追っ手にギリギリで追いつかれても、あんたには道連れになってもらう」

賀新は着物の上半身を脱いだ。体に、筒状の白い布袋が巻きつけてある。袋の端から、火縄が出ている。賀新は、火打ち石を、カチ、カチと打ちはじめた。

「わあぁっ」

皆がいっせいに逃げだした。賀新は打つ手を止め、伊勢屋の襟首をつかんだ。伊勢屋は、

「きゃあっ」

と悲鳴をあげ、播磨屋にしがみつく。播磨屋は、逢坂屋の帯をつかみ、三人は折り重なって倒れた。

賀新は三人を踏みつけ、また火打ち石を打った。

「賀新さん、止めなさい」

安兵衛の声に耳を貸さない。カチ、カチ、と火花が散る。

安兵衛は、よたよたと賀新に近づいた。

「賀新さん、止さないか」

カチ、カチ、カチ。

居合いで、一閃、太刀を走らせた。

火打ち石が飛んだ。賀新は自分の手首を押さえてよろめいた。

「うわっ」

峯打ちだった。賀新の体に、太刀の切っ先が走る。

結び紐が切れて、白い布袋が地面に落ちた。

彦八が賀新を抱きとめた。

「あああああ」

賀新は太陽に向かって泣いた。

安兵衛は、太刀をしまった。

「賀新さん、この者どもの悪事は、必ず、日のもとに、さらされるよ」

彦八が鼻をひくひくさせた。

「旦那、何かが燃えてますぜ」

火薬樽の仕掛けで、日光が焦点を結び、火縄から煙が上がっている。

「誰も仕掛けを外さなかったのか」

「父上、手遅れですっ」

伊勢屋たち三人が、足をもつれさせながら、

「ひええぇ」

と逃げていく。

彦八も、賀新を抱え、助けながら走っていく。

安兵衛は、よた、よた、と進む。

「おい、おおい、待ってくれ、あ、痛た、た、たっ」

新次郎が前にまわって背中を出した。

「父上、おんぶいたします」

「うむ、よっこいしょ、痛たた」

「よろしいですか」

「早よう逃げるのじゃ」

午の正刻。

御蔵前の廻船問屋伊勢屋は、跡形もなく吹き飛んだ。

四

師走。

乾いた風がほこりを巻きあげて、小さな渦となり、往く人の間をすり抜けていく。

鎌倉河岸の豊島屋の前で、

「賛宝の旦那」

と声を掛けられた。

以前にもここで遭った岡っ引きだった。愛想よく頭を下げ、近寄ってくる。

「お聞きしましたよ。ずいぶんとお働きになったそうじゃねえですか。岡っ引きの間でも、えらい評判でございますよ」

「たまたま下手人に出っくわしたんだ。あまり言ってくれるな」

安兵衛は苦笑いを浮かべた。

「お奉行所にとっちゃあ、心強いご隠居様がいらっしゃるというわけでござんすね」

「俺は楽隠居の身だよ」

「いえいえ、まだまだご活躍いただきたいものでございますよ」

岡っ引きはふと真顔になり、

「今度の件で、間違えて、日本橋の大店に捕り方をひきつれてなだれ込んだご同心がいらっしゃるそうで」

「そうかい」

「その方は、とんだ大恥をかかされたって、逆恨みしているとか。お気をつけなすってください」

「はは、俺は楽隠居だって。まあ、厄介ごとには近づかんさ」

安兵衛は神田橋御門を北へ歩き、武家屋敷町の一角で立ち止まった。

桐谷家の屋敷は、門が閉ざされていた。竹の棒がバツのかたちに交差して出入りをふさぎ、閉門であることを示している。

「厳しいな」

思わず言葉が洩れた。

日光を利用した仕掛けで爆破した罪で、青田賀新、月兎の兄弟は、鈴ケ森で火あぶりの刑に処せられた。

逢坂屋藤吉、播磨屋建造、伊勢屋庄左衛門は、悪辣な商いで幾多の商家を破産に追い込んだことを、とがめられ、闕所（全財産没収）のうえ江戸十里四方追放となった。

賀新が蔵書蔵の二階で隠れて仕掛けを作っていたことをとがめられ、書肆の萬屋が闕所のうえ江戸を追放されたのは、店主の知らなかったことで、とばっちりを被った感がある。

それにもまして、いちばんのとばっちりを被ったのは、桐谷仁左衛門だった。

奉行所が吟味を進めると、賀新の預かっていた『大草鞋五人男』という草稿が出てきた。盗賊が主人公の話で、内容を精査してみると、実際に賀新が起こした事件に重なるところがあった。特に、大店に火をつけて小判を奪う場面や、爆薬を体に巻きつけて見得を切る場面を、賀新が参考にしたのではないかと問題視された。

作者は桐谷という隠居の御家人だとわかり、仁左衛門は詮議を受けた。

下手人の仲間ではなかったが、御家人の身分でありながら、軟派な草紙本なんかを書きつらね、結果として悪党に手を貸すに至ったのは、許しがたい所業であり、まことに遺憾(いかん)である。

そう叱られて桐谷家は閉門を命じられ、罰条のお沙汰を待った。

御家人の身分はお取り上げ、俸禄(ほうろく)と屋敷は没収のうえ、仁左衛門も江戸追放となった。

勘定の職も御役御免。息子の雄之助は屋敷を出て、市井(しせい)で浪人になるしかなかった。

お沙汰を聞き知り、ようすを見に来たが、屋敷はすでに無人のようだった。

「ああ……」

安兵衛は深い溜め息をついた。

閉ざされた門の前で、枯れ葉がくるくると同じところを回りつづけている。

五

朝餉の菜は、ふろふき大根だった。というより、昨夜のおでんの残り物だった。

「褒めていただいて、ありがたいと思わなければ」

安兵衛の不満顔を牽制するように、菊乃は言った。

このたびの一件落着は、賛宝勘太郎のめざましい働きがあったからである、とお奉行様のお覚えもめでたく、ご褒美として、勘太郎は、新しい股引、脚絆、草履を下賜された。

その内祝いとして、同僚に餅を配り、いただいたもの以上の思わぬ出費に、食費を始末しなければならなかったのだ。

「あなたのご活躍が、今朝の大根に結びついているのです」

と菊乃は安兵衛に言葉を被せた。安兵衛は大根を嚙みしめた。出汁が染み込んでいて、口中で、ほろほろととろける。他の具材の味までが染みて残っていて、おでんを二度楽しめると考えることもできる。

「そう言われれば美味い気もする」

「腰の具合はどうですか？」

「もう大丈夫なようだが、冷えると、どうも、ずうんと重くなる。肩も凝っておるし」

「隠居をすると動かなくなるから、体が硬くなるのでしょ」

「そういうものだ、楽隠居は」

「もっと外へ出て、ご活躍なさいな」

「もうこりごりだ。肩もコリコリ」

菊乃は、

「ふう」

と、うなだれた。

「佐江には気の毒なことになりましたね」

当初は言えなかったことを、ようやく、唐突に、口にしたふうだった。

佐江は黙々と箸を動かしている。

「でも、結納を交わす前にああなったことが、不幸中の幸いともいえるわね。次はもっと良い縁談を見つけて、春にはおめでたい日が訪れるように、あちこちに声を掛けておきますから。佐江も気持ちを変えて、楽しみにしていらっしゃい」

「わたし、雄之助様とお付き合いします」

佐江は毅然と顔をあげてそう言った。

「えっ、どなたと？　どちらの雄之助様？」

「桐谷雄之助様です」

「え？　何を言ってるの？　桐谷の家はもう無くなりましたよ」

「本人は生きていらっしゃるわ」

「何をいまになって。あの家は、お父様は罪人、雄之助さんは素寒貧の素浪人じゃないの」

「わたしは、雄之助様のお人柄をもっと知りたいの」

「佐江、何を子供みたいなことを」

佐江は立ち上がり、部屋を出ていった。

菊乃の箸を持つ手が震えている。

「どういうこと？　あなた、佐江に何とか言ってやってください」

「うむ。わかった。いまは気持ちが高ぶっているから。ようすを見て」

話題を変えようと周りを見たが、勘太郎も濱も視線を合わさない。

「新次郎は？　まだ寝ているのか。夜に起きて月ばかり見ておるから。人並みの暮らしができるように躾けなければな。どれ、叩き起こしてこよう」

立とうとすると、菊乃が言った。

「昨日、夕餉の後で、出ていきました」

「なに？　どこへ？」

「天文台に戻ると言って」

「え、またか」

「あんなに迷惑を掛けておいて。あの子は何も変わらない。あなた、後で迎えにいってくださいね」

いつになったら楽隠居の身になれるのか。

ぼうぜんとした。

そのまぶたに、新次郎の姿が浮かんでいる。

天文台の物見台で胡坐をかいて、両手を後ろの床につき、悠然と、月を見上げている。

この作品は徳間文庫のために書下されました。
なお本作品はフィクションであり実在の個人・団体などとは一切関係がありません。

徳間文庫

お月見侍ととのいました

父と大江戸爆弾魔

2022年9月15日 初刷

著者 三咲光郎

発行者 小宮英行

発行所 株式会社徳間書店

東京都品川区上大崎三―一―一 〒141―8202

目黒セントラルスクエア

電話 編集〇三(五四〇三)四三四九

販売〇四九(二九三)五五二一

振替 〇〇一四〇―〇―四四三九二

印刷 大日本印刷株式会社

製本

ISBN978-4-19-894779-8 (乱丁、落丁本はお取りかえいたします)

徳間文庫

あるキング　伊坂幸太郎
水光舎四季　石野晶
願いながら、祈りながら　乾ルカ
人生に七味あり　江上剛
断固として進め　江上剛
ロゴスの市　乙川優三郎
ある日失わずにすむもの　乙川優三郎
若桜鉄道うぐいす駅　門井慶喜
消えていく日に　加藤千恵
おいしい野菜が食べたい！　黒野伸一
痛みを殺して　小手鞠るい
MONEY　清水義範
猫と妻と暮らす　小路幸也
猫ヲ捜ス夢　小路幸也
恭一郎と七人の叔母　小路幸也
風とにわか雨と花　小路幸也
伯爵夫人の肖像　杉本苑子
カミングアウト　高殿円
失恋天国　瀧羽麻子

水上のフライト　土橋章宏
浅田家！　中野量太
アオギリにたくして　中村柊斗
弥生、三月　脚本 遊川和彦　南々井梢
この子は邪悪　脚本 片岡翔　南々井梢
ブルーアワーにぶっ飛ばす　箱田優子
一橋桐子(76)の犯罪日記　原田ひ香
本日は、お日柄もよく　原田マハ
生きるぼくら　原田マハ
恋々　東山彰良
海がきこえる　氷室冴子
ランチに行きましょう　深沢潮
足りないくらし　深沢潮
おもいおもわれふりふられ　堀川アサコ
誰も親を泣かせたいわけじゃない　堀川アサコ
まぼろしのパン屋　松宮宏
さすらいのマイナンバー　松宮宏
まぼろしのお好み焼きソース　松宮宏
アンフォゲッタブル　松宮宏

神去なあなあ日常　三浦しをん
神去なあなあ夜話　三浦しをん
ヒカルの卵　森沢明夫
純喫茶トルンカ　八木沢里志
しあわせの香り　八木沢里志
きみと暮らせば　八木沢里志
マイ・ダディ　山本幸久
こんな大人になるなんて　吉川トリコ
イッタイゼンタイ　吉田篤弘
電球交換士の憂鬱　吉田篤弘
空色バウムクーヘン　吉野万理子
臣女　吉村萬壱
ヤイトスエッド　吉村萬壱
回遊人　吉村萬壱
ノッキンオン・ロックドドア　青崎有吾
さびしがり屋の死体　赤川次郎
赤いこうもり傘　赤川次郎
昼下がりの恋人達　赤川次郎
幻の四重奏　赤川次郎

坂の上の赤い屋根　真梨幸子
M・G・H・楽園の鏡像　三雲岳斗
海底密室　三雲岳斗
上野の仔　三咲光郎
クレインファクトリー　三島浩司
助っ人刑事　南英男
突変　森岡浩之
異境の水都　森岡浩之
優しい煉獄　森岡浩之
地獄で見る夢　森岡浩之
ある実験　両角長彦
フィードバック　矢月秀作
紅い鷹　矢月秀作
紅の掟　矢月秀作
カムイの剣　矢野徹
妖鳥　山田正紀
囮捜査官北見志穂〈1〜4〉　山田正紀
夏の探偵は学生しかしない　山本豪志
朽ちないサクラ　柚月裕子

闇狩り師 1　夢枕獏
闇狩り師 2　夢枕獏
蒼獣鬼　夢枕獏
黄石公の犬　夢枕獏
崑崙の王〈上下〉　夢枕獏
荒野に獣慟哭す〈1〜5〉　夢枕獏
月神祭　夢枕獏
ハイエナの夜　夢枕獏
【コミック版】荒野に獣慟哭す 1〜5　夢枕獏原作　伊藤勢漫画
闇狩り師キマイラ天龍変　夢枕獏原作　伊藤勢漫画
顔 FACE　横山秀夫
七人の天使　六道慧
ペルソナの告発　六道慧
反撃のマリオネット　六道慧
キメラの刻印　六道慧
ラプラスの鬼　六道慧
警察庁広域機動隊　六道慧
ダブルチェイサー　六道慧
医療捜査官 一柳清香　六道慧

トロイの木馬　六道慧
塩の契約　六道慧
警視庁特殊詐欺追跡班　六道慧
サイレント・ポイズン　六道慧
製造迷夢　若竹七海
鬼はもとより　青山文平
氏真、寂たり　秋山香乃
先生のお庭番　朝井まかて
御松茸騒動　朝井まかて
雲上雲下　朝井まかて
家光の遺言　麻倉一矢
真田家の野望　麻倉一矢
火炎の乱　麻倉一矢
北天に楽土あり　天野純希
けんか凧　井川香四郎
天翔る　井川香四郎
はぐれ雲　井川香四郎
荒鷹の鈴　井川香四郎
山河あり　井川香四郎

大奥騒乱　上田秀人
政争　上田秀人
戸惑　上田秀人
崩落　上田秀人
策謀　上田秀人
混乱　上田秀人
相嵌　上田秀人
仕掛　上田秀人
混沌　上田秀人
続揺　上田秀人
決別　上田秀人
偽計　上田秀人
継争　上田秀人
峠道　鷹の見た風景　上田秀人
御楯　上田秀人
破矛　上田秀人
傀儡に非ず　上田秀人
茜の茶碗　上田秀人
流葉断の太刀　上田秀人

退き口　上田秀人
上田秀人公式ガイドブック　上田秀人　徳間文庫編集部編
わらわがゆるさぬ　沖田正午
木遣り未練　沖田正午
麗しき花実　乙川優三郎
矢立屋新平太版木帳　柏田道夫
とむらい屋颯太　梶よう子
漣のゆくえ　梶よう子
穴屋でございます　風野真知雄
幽霊の耳たぶに穴　風野真知雄
穴めぐり八百八町　風野真知雄
六文銭の穴の穴　風野真知雄
猫見酒　風野真知雄
痩せ神さま　風野真知雄
たぬき芸者　風野真知雄
いびき女房　風野真知雄
命賭け候　門田泰明
冗談じゃねえや　門田泰明
無外流　雷がえし〈上下〉　門田泰明

俠客〈一～五〉　門田泰明
汝想いて斬〈一～三〉　門田泰明
大江戸剣花帳〈上下〉　門田泰明
黄昏坂　七人斬り　門田泰明
斬りて候〈上下〉　門田泰明
一閃なり〈上中下〉　門田泰明
討ちて候〈上下〉　門田泰明
若さま包丁人情駒　倉阪鬼一郎
飛車角侍　倉阪鬼一郎
大勝負　倉阪鬼一郎
闇成敗　倉阪鬼一郎
狐退治　倉阪鬼一郎
あまから春秋　倉阪鬼一郎
国盗り慕情　倉阪鬼一郎
諸国を駆けろ　倉阪鬼一郎
天狗の鼻を討て　倉阪鬼一郎
鬼の首を奪れ　倉阪鬼一郎
幻の船を追え　倉阪鬼一郎
悪代官を斃せ　倉阪鬼一郎

奔走虚し　牧秀彦
耀蔵動く　牧秀彦
一抹の福　牧秀彦
剣豪将軍義輝〈全三冊〉　宮本昌孝
海王〈全三冊〉　宮本昌孝
将軍の星　宮本昌孝
乱丸〈上下〉　宮本昌孝
洛中洛外画狂伝　狩野永徳　谷津矢車
恋形見　山口恵以子
夜の塩　山口恵以子
晋平の矢立　山本一力
夢曳き船　山本一力
沙門空海唐の国にて鬼と宴す　巻ノ一　夢枕獏
沙門空海唐の国にて鬼と宴す　巻ノ二　夢枕獏
沙門空海唐の国にて鬼と宴す　巻ノ三　夢枕獏
沙門空海唐の国にて鬼と宴す　巻ノ四　夢枕獏
宿神〈全四巻〉　夢枕獏
天海の秘宝〈上下〉　夢枕獏
伊藤一刀斎〈上下〉　好村兼一

いのち買うてくれ　好村兼一
公儀鬼役御膳帳　六道慧
連理の枝　六道慧
春疾風　六道慧
ゆずり葉　六道慧
外待雨　六道慧
美なるを知らず　六道慧
断金の交わり　六道慧
はぐれ十左御用帳　和久田正明
情け無用　和久田正明
冷たい月　和久田正明
狐の穴　和久田正明
逆臣蔵　和久田正明
ふるえて眠れ　和久田正明
家康の靴　和久田正明
卍の証　和久田正明
罪なき女　和久田正明
女俠　和久田正明
はぐれ十左暗剣殺　和久田正明

蜘蛛女　和久田正明
悪の華　和久田正明
笑う女狐　和久田正明
黒刺客　和久田正明
弾丸を噛め　和久田正明
怪盗流れ星　和久田正明
特命　前篇　和久田正明
特命　後篇　和久田正明
身代金　和久田正明
特命残酷な月　和久田正明
地獄の清掃人　和久田正明
射鵰英雄伝 一　金庸　金海南訳　岡崎由美監修
射鵰英雄伝 二　金庸　金海南訳　岡崎由美監修
射鵰英雄伝 三　金庸　金海南訳　岡崎由美監修
射鵰英雄伝 四　金庸　金海南訳　岡崎由美監修
射鵰英雄伝 五　金庸　金海南訳　岡崎由美監修
神鵰剣俠 一　金庸　岡崎由美訳　松田京子
神鵰剣俠 二　金庸　岡崎由美訳　松田京子
神鵰剣俠 三　金庸　岡崎由美訳　松田京子